泊心堂记

潘军文墨自选集

时代出版传媒股份有限公司
安徽文艺出版社

潘 军 绘·著

　　潘军，男，1957年11月28日生于安徽怀宁，1982年毕业于安徽大学。当代著名作家、剧作家、影视导演，现居安庆。

　　主要文学作品有长篇小说《日晕》、《风》、《独白与手势》三部曲之《白》《蓝》《红》、《死刑报告》以及《潘军小说文本》（六卷）、《潘军作品》（三卷）、《潘军文集》（十卷）、《潘军小说典藏》（七卷）等。作品曾多次获奖，并被译介为多种文字。

　　主要话剧作品：《地下》、《合同婚姻》（北京人民艺术剧院首演，哈尔滨话剧院、美国华盛顿特区黄河话剧团复演，并被翻译成意大利文于米兰公演）、《霸王歌行》（中国国家话剧院首演），并先后赴日本、韩国、俄罗斯、埃及、以色列等国演出，多次获得奖项。

　　自编自导的长篇电视剧有《五号特工组》《海狼行动》《惊天阴谋》《粉墨》《虎口拔牙》等。

　　闲时习画。

泊心堂记

泊心堂记

潘军文墨自选集

潘军 绘·著

时代出版传媒股份有限公司
安徽文艺出版社

图书在版编目（ＣＩＰ）数据

泊心堂记/潘军著.—合肥：安徽文艺出版社,2019.3
ISBN 978-7-5396-6587-0

Ⅰ．①泊… Ⅱ．①潘… Ⅲ．①随笔－作品集－中国－当代 Ⅳ．①I267.1

中国版本图书馆CIP数据核字(2019)第031245号

出 版 人：朱寒冬　　　　　　出版策划：朱寒冬
封面题签：潘　军　　　　　　封底篆刻：欧阳卫东
责任编辑：张妍妍　姜婧婧　　装帧设计：高　欣　张诚鑫

出版发行：时代出版传媒股份有限公司　　www.press-mart.com
　　　　　安徽文艺出版社　　www.awpub.com
地　　址：合肥市翡翠路1118号　　邮政编码：230071
营 销 部：(0551)63533889
印　　制：安徽新华印刷股份有限公司　　(0551)65859551

开本：787×1092　1/16　印张：19　字数：240千字
版次：2019年3月第1版　2019年3月第1次印刷
定价：120.00元

（如发现印装质量问题，影响阅读，请与出版社联系调换）
版权所有，侵权必究

前　记

2017年是农历丁酉年,我的本命年,时间不经意地过去了一个甲子。年前我便做出决定:离开京城回故乡。因为做影视,我在北京居住了十几年,却从未觉得这个大而不当的城市多么亲切,反倒日益感受到诸多的不便,至于交通的拥堵、空气的糟糕就不说了。沈从文说,一个士兵不是战死沙场,便是回到故乡。这句话后来被黄永玉书写,立碑于沈先生故乡湖南凤凰。我不是士兵,北京于我也算不得战场,但现在我需要回到故乡。

我的故乡安庆,是座历史上有些名气的江城,民国时期曾为安徽省省会,如今不过是个四线的城市,落寞而萧条,但正合我意。我早已厌倦都市的喧嚣与繁华。随后,便在长江边上的碧桂园购置了一处房产,按照自己的设计,用近一年的时间完成装修。其中三楼是我的工作区域,有书房和画室。还有一间敞亮的阳光房兼茶室,抬眼望过去,大江一横,水天一色,江南峰峦一带,过往帆樯几点——颇有几分张陶庵《湖心亭看雪》的意思。这几年我虽过得逍遥自在,却也无聊,心不安静,既不想写也不想拍,想今后的时光专事书画。其实在写小说之前我就是学画的,遗憾的是这几十年里专心用于作画的时间极少,往往作为一种间歇的自我调剂。以前我说过这样的话:六十之前舞文,之后弄墨。现在我可以践约了。于是就取一斋号:泊心堂。

《泊心堂记》便是这样的由来。之前在微信上曾以《回故乡记》发布过绘画习作,新年伊始,我希望有个改变。每天早上,我会去我的泊心堂,沏一杯茶,执一管笔,似乎是很随机地点点染染写写画画,如有比较满意的,就晒到朋友圈里,供大家一乐。有一天我忽然自问:今天你怎么想起来画这个呢?这是个问题,可我一时还回答不了,我觉得我应该试着回答这个问题,然后就有了这本书的构想。

是为记。

2018年1月7日

目录

前记 001

写莲说 001
　　附图：细雨　照影图　荷塘鱼戏

观鱼和羡鱼 011
　　附图：庄生晓梦迷蝴蝶　羡鱼图　观鱼图

小园香径独徘徊——晏殊词意 020
　　附图：晏殊词意图　偶然值林叟

独立苍茫天地间——陈子昂诗意图 026
　附图：陈子昂诗意图　听山图

《东坡观砚》笔记 033
　附图：东坡观砚　寒食醉卧　扁舟一棹归何处

存心要画《赤壁赋》041
　附图：赤壁赋　一蓑烟雨

空知返旧林——王维诗意图 049
　附图：空知返旧林　胡风先生　天寒红叶稀

空山一声松子落 056
　附图：空山松子落　霜林醉　陈寅恪先生

《湖心亭看雪》随记 066
　附图：湖心亭看雪　石头记　幽居图

燕赵悲歌 075
　附图：燕赵悲歌　万壑有声

惊天一曲《广陵散》081
　附图：广陵散　七贤图

醉翁之意不在酒 089
　附图：醉翁亭　春山访友图

五君子图 097
　附图：五君子图　逆风

纵然一夜风吹去——司空曙诗意图 104
　附图：司空曙诗意图　芦汀私语

人面不知何处去 112
　附图：人面桃花之一　人面桃花之二　守得莲花结伴游

003

关于《重瞳》的一些话　119
　　附图：霸王别姬　李清照诗意

《天仙配》和《女驸马》　128
　　附图：天仙配·路遇　女驸马·洞房

故乡的《十五贯》　135
　　附图：十五贯

京剧杂谈　142
　　附图：乌盆记　拾玉镯　蒋干盗书　赵氏孤儿

从京剧《野猪林》说起　151
　　附图：野猪林之一　野猪林之二　野猪林之三

《三岔口》和叶盛章　159
　　附图：三岔口之一　三岔口之二　三岔口之三

闲话《白蛇传》 167
　附图：白蛇传·断桥　白蛇传·游湖

青衣·程派·张火丁 175
　附图：宇宙锋　锁麟囊　苏三起解

『大先生』和『我的朋友』 183
　附图：大先生　『我的朋友』胡适之　寻碑图

黄宾虹的『山河情怀』 194
　附图：黄宾虹先生　坐看云起　雨后家山　山雨欲来

画家漫说 204
　附图：巨匠白石　缶老仙风　八大山人

古乡·朋友·文人画 216
　附图：浣溪沙　古刹低语　落霞与孤鹜齐飞　万籁俱此寂

005

纪念海子 224
　　附图：纪念海子　雪霁·初晴

怀念与哀思——悼汪澜 229
　　附图：怀念与哀思　落日故人情　无题

画牛随想 237
　　附：童年牧笛　立夏

鱼鹰曲 244
　　附图：鱼鹰曲　半山听雨

祥瑞图 250
　　附图：祥瑞图　负暄图　荷塘消夏图

我的读书 258
　　附图：蕉荫读书图　春风又绿　腹有诗书气自华

我的绘画生涯 266

　　附图：兰亭叙　松下问童子　湖上清风　山河岁月

我毕生追求自由散漫 277

　　附图：击鼓骂曹　逍遥游　桃李春风一杯酒　留得枯荷听雨声

后记 290

写莲说

中国画的分类是一门学问,画法上有工笔、写意,写意又分大小,还有兼工带写,还有没骨;颜色上有彩墨、青绿、浅绛,或者干脆就是水墨、白描。抛开这些,题材上又总分为人物、山水、花鸟三大类,三类之间又有互相的衬托,突出一类,其他两类不是作为背景,就是成为点缀。尤其是花鸟,大类中又有细分小类,同样是有所侧重,以花草为主,鸟虫便为点缀;以鸟虫为主,花草就是背景。有的画家一生就只画一小类(或者这类很突出),比如郑板桥的竹。安徽的肖龙士,也好像一生只画荷花和兰草。至少是主要画这两种。

我对花鸟没有研究,平时也几乎不作,但荷花是例外。

荷花,又称莲花、藕花、水芙蓉、君子花、凌波仙子(好像以此称水仙花的更多)、水宫仙子,皆是圣洁高雅。还有称作"玉环"——据宋·孙光宪《北梦琐言》记载:唐中和年间,吴中人苏昌远,邂逅一素衣粉脸女子,赠其一枚玉环。

不久，苏家庭院水池中荷花盛开，其中一朵花蕊中也有一枚同样的玉环，但"折之乃绝"。由此后人又称荷花为玉环。这传说《太平广记》中也有记载，但书里同时也有"玉环"和百合花的类似传说，如此种种，让人想起崔护的那首"人面桃花"。

我对画荷的喜爱，应与八大山人有关。荷花是八大山人常作的画题，也是他挚爱的画题，墨荷（他鲜有着色的荷花）的创作是其艺术生命中的重要组成部分。八大山人笔下的墨荷形象单纯，很抽象，笔墨简练而趣味无穷，叶上不画脉，梗上不点刺，整个画面看上去疏朗而空灵，有诗性，有禅意，更有一股仙气。看他的荷，感觉不是画，而是写。中国画，或者水墨画的高妙，就在于这个写——写意，不是画意、描意，要求的是"以书入画"。李苦禅有句话很经典：书到高时是画，画到高时是书。我深以为然。我喜欢画荷的另一个原因，是觉得大笔泼墨写意很过瘾，可以表现荷的风姿绰约，于是就试着画起来，结果不堪入目。越是简单的东西越不容易做好，就那么看似随意的几笔，欲出惊人效果不是一般人就能做到的。

当年北京的齐白石学上海的吴昌硕画花鸟，无论是构图、用笔，乃至题款用印，无一不是模仿。于是吴昌硕就表示不屑，说"北方有人学我皮毛，竟得大名"。而齐白石索性就承认，自己愿意成为青藤（徐渭）、雪个（八大山人）、缶老（吴昌硕）门下走狗，这话听起来无比虔诚，但老

先生随即又治了一方印"老夫也在皮毛类",就是反唇相讥了。结果后来居上,齐白石同样也来了一个"衰年变法",不能说是一举将吴昌硕击溃,但至少形成了分庭抗礼。如果说吴昌硕的笔墨有金石气,那么,齐白石的笔墨就是带有一点学来的金石气,但更具有人世间的烟火气。仅此一点,石翁就胜缶老一筹。

还有人说,张大千是"荷王"。对此我很不以为然。当然我也是历来不喜欢张大千的。一大把年纪还不断地作自画像,以为自己乃仙风道骨的美男子呢,仅此一点就招人烦。不明白徐悲鸿为什么说他是"五百年来第一人"。张大千的画,除了几张泼彩可以看,其余都俗气。他笔下的荷很浪,像旧时的青楼女子。当年傅雷就有批评:

> 大千是另一路投机分子,一生最大本领是造假石涛,那却是顶尖儿的第一流高手。他自己创作时充其量只能窃取道济的一鳞半爪,或者从陈白阳、徐青藤、八大(尤其八大)那儿搬一些花卉来迷人唬人。往往俗不可耐,趣味低级,仕女尤其如此。

话虽犀利,但我认为很中肯。我觉得最好的大写意的荷,依然出自齐白石之手。我看过很多画家的写意荷花,都无法跟齐白石相比。笔墨淋漓,趣味天然。这是才情,更是天赋,奈何不得。

画家爱荷,本质上和文人爱荷相一致,源头始于宋代周敦颐那篇著名的《爱莲说》——

> 水陆草木之花,可爱者甚蕃。晋陶渊明独爱菊;自李唐来,世人盛爱牡丹;予独爱莲之出淤泥而不染,濯清涟而不妖,中通外直,不蔓不枝,香

远益清,亭亭净植,可远观而不可亵玩焉。予谓菊,花之隐逸者也;牡丹,花之富贵者也;莲,花之君子者也。噫!菊之爱,陶后鲜有闻;莲之爱,同予者何人;牡丹之爱,宜乎众矣。

"说"是古代的一种议论文文体,大多是状物抒怀、阐述事理,写法上不拘一格,行文自由活泼,类似今天的杂文,比如韩愈的《师说》、柳宗元的《捕蛇者说》。

周敦颐是北宋著名哲学家,是学术界公认的宋明理学开山鼻祖,被称为周子。《宋史·道学传》对其有极高评价:

两汉而下,儒学几至大坏。千有余载,至宋中叶,周敦颐出于舂陵,乃得圣贤不传之学,作《太极图说》《通书》,推明阴阳五行之理,明于天而性于人者,了若指掌。

宋熙宁四年(1071年),周敦颐来星子任南康知军。平生酷爱莲花的他,在军衙东侧开了一口池塘,全部种上莲花。其时周子已值暮年,且又抱病在身,所以这一池的莲花,便成为他美好的寄托,然后就有了这篇著名的《爱莲说》。

行文至此,不禁想起一件旧事。多年前我写过一个戏曲剧本《爱莲说》,当时是为朋友,也是著名的黄梅戏演员吴琼写的(在北京,我们住在同一小区)。我父母都是从事黄梅戏这行的,父亲是编剧,母亲是演员,所以一直想写一个地道的黄梅戏本子。地道,指的是按黄梅戏的传统声腔套路来写,但是吴琼想做成一个黄梅音乐剧,这样从剧作范式上讲就不合适,合作也就停止。不久,安庆的一位做房地产的朋友看了这个本子,说好,就掏钱买了。可是没过几

照影图·2017年（46cm×70cm）

照影图（局部）

日,这位朋友又希望我作些改动,比如把剧中的男主角由国军少校改为新四军指导员。我说剧中的时代背景是抗战初期,那时候新四军还没成立呢。朋友说这照样可以改,因为只有这样,才能得奖。我断然拒绝。我说不会作这样的改动,倒是马上可以退款,就当一风吹过。朋友很为难,因为他既喜欢这个剧本的故事结构、人物关系,又希望日后获奖,想鱼和熊掌兼而得之。最后他请要人斡旋,与我达成了一个可笑的协议:可以根据我这个剧本另找人修改,但我决不署名,也不会诉讼,保留原剧本的版权,于是就有了后来的黄梅戏《半个月亮》,也果然得了奖。于他,可以说是达到了目的;于我,无非就是一笔生意。在向他表示祝贺的同时,我也庆幸自己一直的拒绝。

查阅资料,才知道荷是被子植物中起源最早的植物之一,出现在白垩纪早期。大约十万年前,地球大部被海洋、湖泊及沼泽覆盖,当时还没有人类。恶劣的气候条件使得大部分种子植物无法生存,只有少数生命力极强的种子植物顽强地存活下来,比如荷。因此,荷又被称为植物界的"活化石"。看似

柔弱的荷竟有如此强盛的生命力,让我肃然起敬。

有时候画荷,会自然而然地想起朱自清那篇著名的《荷塘月色》。说实话,就散文而言,我并不喜欢这样的风格,但是其中有些话,还是能触动我——

路上只我一个人,背着手踱着。这一片天地好像是我的;我也像超出了平常的自己,到了另一世界里。我爱热闹,也爱冷静;爱群居,也爱独处。像今晚上,一个人在这苍茫的月下,什么都可以想,什么都可以不想,便觉是个自由的人。白天里一定要做的事,一定要说的话,现在都可不理。这是独处的妙处,我且受用这无边的荷香月色好了。

关于"一个人",我在《独白与手势》的第一部《白》的结尾,也有一段表述,话虽有些矫情,却是我的心声——

一个人。最自白的是一个人,最孤独的也是一个人。最快乐的是一个人,最忧伤的也是一个人。一个人会孤芳自赏,一个人也会顾影自怜。一个人最无所顾忌,一个人也最惊魂落魄。一个人的时候最渴望有人与你耳鬓厮磨,一个人的时候也最厌烦听见另外的鼾声。最小的是一个人,最大的也是一个人。

2018年2月4日,于泊心堂

观鱼和羡鱼

庄子与惠子游于濠梁之上。

庄子曰:"儵鱼出游从容,是鱼之乐也。"

惠子曰:"子非鱼,安知鱼之乐?"

庄子曰:"子非我,安知我不知鱼之乐?"

惠子曰:"我非子,固不知之矣;子固非鱼也,子之不知鱼之乐,全矣。"

庄子曰:"请循其本。子曰'汝安知鱼之乐'云者,既已知吾知之而问我,我知之濠上也。"

——《庄子·秋水》

大学时读《庄子·秋水》,读到这里不禁哑然失笑,觉得庄周和惠施这俩爷们完全是在抬杠,虽然这段对话带有禅机。

但凡带有禅机意味,都不容易说清楚。就这么三言两语,后来者便称之为"濠梁之辩",看似狡辩诡辩,却也是棋逢对手。有人甚至认为,"濠梁之辩"是庄周散文中最值得玩味的一篇。诚如明代王世贞诗云:"还将吾乐同鱼乐,三复庄生濠上篇。"

庄子非鱼,却坚称知鱼之乐,按刘文典先生《庄子补正》的解释,鱼游于水,鸟栖于林,各率其性,物皆逍遥。庄子善达物情,所以故知鱼乐。而惠子不体物情,则妄起质疑。这里的"善达",应该是对外物的深切体会。深切来自心灵的感悟。庄子和惠子的区别正在于此。庄子的眼里,鲦鱼的"出游从容"即是快乐所在。

我想,"出游从容",就是自由。

"生命诚可贵,爱情价更高;若为自由故,二者皆可抛。"——殷夫意译的匈牙利诗人裴多菲这首诗,少时是当作顺口溜念,过了多少年,才明白那是真理。这首诗 1986 年由兴万生重新翻译,更接近于递进的原意,收录于《裴多菲抒情诗选》:

　　自由和爱情,我都为之倾心!
　　为了爱情,我宁愿牺牲生命;
　　为了自由,我宁愿牺牲爱情!

由此想到梅尔·吉普森自导自演的电影《勇敢的心》。电影的尾声,苏格兰独立运动领袖华莱士大义凛然地走上断头台,引颈就义之际,监斩官问他还有什么话说?他用尽全身力气,发出最后的呐喊——Freedom(自由)!

庄子和惠子的对话有点儿绕。但能绕出禅机和意味。我近期听见最绕的话,应该出自苏联作家、1970年度诺贝尔文学奖获得者索尔仁尼琴。他说:

> 我们知道他们在说谎,
> 他们也知道他们在说谎,
> 他们知道我们知道他们在说谎,
> 我们也知道他们知道我们知道他们在说谎,
> 但是他们依然在说谎。

这话没有禅机,却有分量!掷地有声、振聋发聩。索尔仁尼琴是拥有良知和大智慧的作家,他的话总让我肃然起敬。

我不是庄子的研究者,我是他的粉丝,虽带有一点盲目性,却是发自内心。以前我就画过"庄周梦蝶"。现在回到故乡,所作的第一篇文章,是为安徽文艺出版社最新出版的《潘军小说典藏》作的序,题目就叫《我毕生追求自由散漫》。我喜欢"自由散漫"这四个字,洒脱飘逸,风流倜傥。这四个字也喜欢我——从小学到中学,每次成绩单的期末评语,缺点部分总少不了一句"自由散漫"。(还有一句是"骄傲自满")看来我和这四个字实在有缘。这四个字,如果用庄子的话说,应该就是"出游从容"?

这或许就是我作这幅画的动机。

但我画的不是所谓的"濠梁之辩",笔下这水不是濠水,桥上的人也非庄周,并且,鱼也不是儵鱼——儵是冷字,音读"shū",查字典,知道所谓的儵鱼,即我小时候见到的苍条,也叫黄姑子。这种叫法很奇怪,我问过当地的老人,都不清楚,反正一代代就是这么叫过来的。苍条很好钓,用苍蝇作饵,其他鱼

庄生晓梦迷蝴蝶·2013年（45cm×70cm）

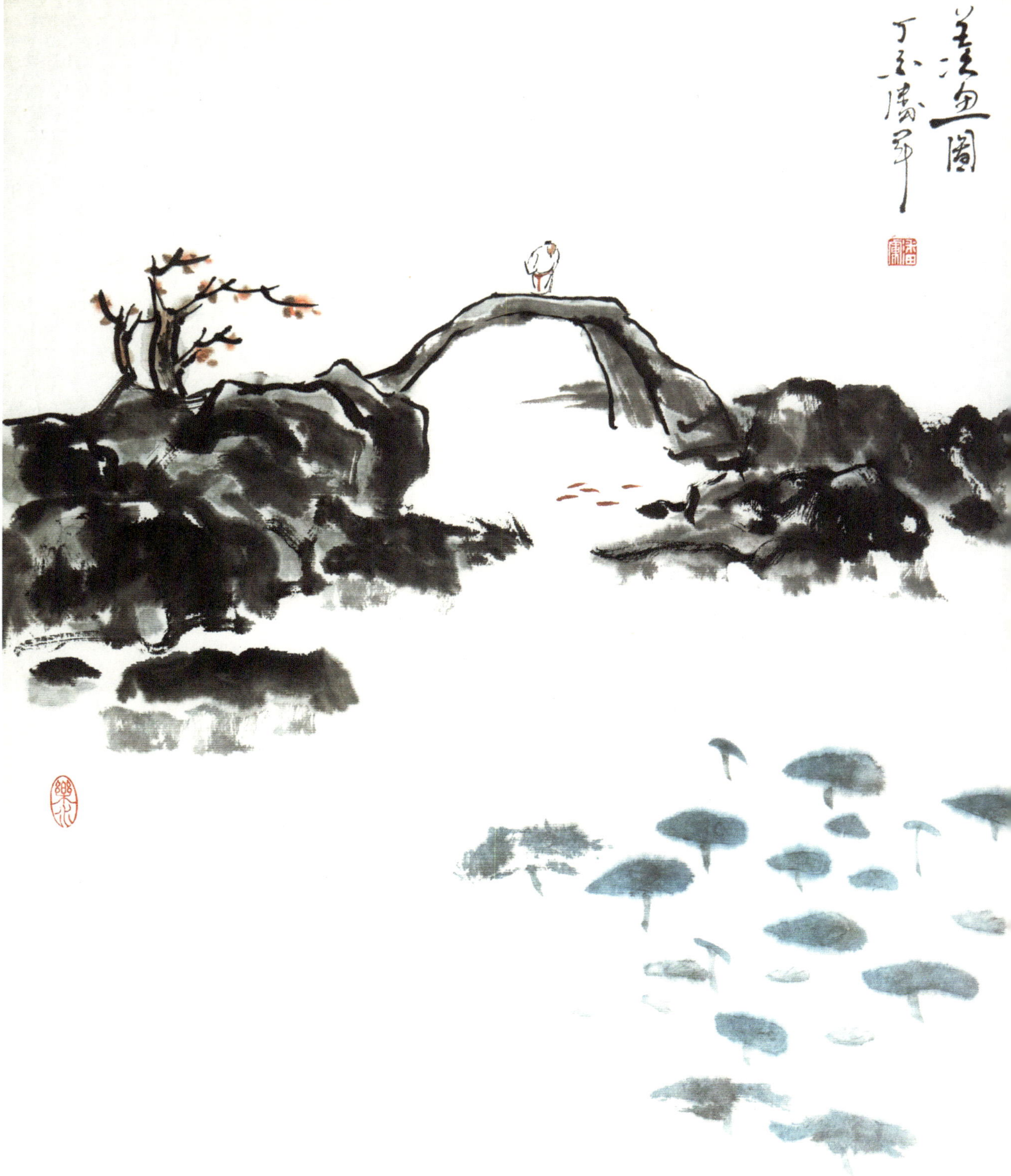
羡鱼图

不吃,但苍条吃。苍条嘴大,咬钩深,拖钩就走,所以钓者总觉得是碰上了什么大鱼,等拉起来才起沮丧。一般就把它放了,扔回塘里。可是一会儿,它们又围攻而来,毫不惧怕,越战越勇。有的苍条拉上来,还可以见到它的嘴已经破过一回,轻伤不下火线,永不言败。或许它们摸清了垂钓者的心思吧,你既然看不上我,那么我就敢于再来虎口夺食,因为我要生存。或者也可看作,贪婪是要付出代价的。

而我现在画的是几尾不知名的小红鱼,我喜欢它们的"出游从容"。

《秋水》篇在《庄子》里算是长篇,内容大都淡忘,除了"濠梁之辩",记得清晰的还有其中这么一句:

> 夔怜蚿,蚿怜蛇,蛇怜风,风怜目,目怜心。

夔是独足兽,按《山海经》描述,是行走如雷电,出入成风雨,后被黄帝所屠,以其皮做成鼓,其声如雷。然而如此威猛的夔,却羡慕起蚿——百脚虫。可是拥有百脚的蚿羡慕的又是蛇,觉得蛇没有一只脚,照样能自由行

观鱼图·2017 年(26.5cm × 26.5cm)

动。蛇的偶像则是无形的风,蛇羡慕风"蓬蓬然起于北海而入于南海也",却不留下一点踪迹。无形的风呢,羡慕的对象是明察外物的眼睛,而明察外物的眼睛则羡慕内在的心灵。

刘文典先生有以下注疏,此处的"怜"作爱尚之意:

> 夔以少企多,故怜蚿;蚿则以有羡无,故怜蛇;蛇则以小企大,故怜风;风则以暗慕明,故怜目;目则以外慕内,故怜心。

羡慕和嫉妒的界限在哪里?理想与贪婪的界限又在哪里?这番依然带有禅意玄机的话,刘先生还有另解,"怜"作怜悯意。依照这种解法,其意如前霄壤之别。

> 夔以一足而跳踯,怜蚿众足之烦劳;蚿以有足而安行,哀蛇无足而辛苦;蛇以有形而适乐,悯风无质而冥昧;风以飘飘而自在,怜目域形而滞著;目以在外而明显,怜心处内而暗塞。

但这两种注疏,都像庄子。

后来我又作了一幅《观鱼图》。这回我画了祖孙二人,河流也变成了青花鱼缸。虽不见孩子表情,但从形体上看,这孩子永远带着不知疲倦的好奇与天真,看不够似的。但是老者却是面无表情,甚至带有一点沮丧——一代代就是这么看过来的,如今鱼儿从河里到了缸里,又有什么可看的呢?可是他这点道理却不肯告诉他的孙子。他或许在想,孩子是需要一种幻想的,或者,孩子通过鱼缸照见了自己的影子,孩子每天究竟是在看鱼还是照自己呢?

"临渊羡鱼,不如退而结网",语出《汉书·礼乐志》。用今天的话语说,算得上一句很励志很有正能量的口号。但是,如果把这水里自由的鱼儿一网打尽,美餐一顿或者弄进鱼缸,过后呢?

或许会想,被一网打尽的其实还有自己。

2018 年 1 月 29 日,于泊心堂

小园香径独徘徊
——晏殊词意图

一曲新词酒一杯，
去年天气旧亭台。
夕阳西下几时回？
无可奈何花落去，
似曾相识燕归来。
小园香径独徘徊。

——晏殊《浣溪沙·一曲新词酒一杯》

晏殊的这首《浣溪沙》，选自其《珠玉词》。词是用来唱的，词牌即曲谱。姜白石"自作新词韵最娇，小红低吟我吹箫"，描述的就是这番情形。词为按曲，需击节而歌，加之"浣溪沙"是小令而非长调，所以我一直觉得这来自酒一杯之后的一曲新词，应是词人某次宴席上的即兴之作，却一不留神成为脍炙人口的千古绝唱。曾经看过一则短文，说晏殊某年下扬州，于大明寺和江都尉王琪一起喝酒，感叹自己诗中一句"无可奈何花落去"，苦思冥想，至今想不起下句。而王琪张嘴就说"似曾相识燕归来"，让晏殊青眼有加。感觉像是听说书，不可信。

晏殊，字同叔，北宋时期著名的文学家和政治家。七岁能文，被誉为"神童"。景德初年，十四岁的晏殊应殿试考中进士，可谓少年得志，之后的仕途也是平步青云，五十三岁官居相位。虽然次年被贬为工部尚书，但还是重臣。六十四岁病逝，宋仁宗亲临丧事，死后赠司空兼侍中，谥号：元献。晏殊为官口碑特好，提携过像范仲淹、王安石、欧阳修这样的名士。他这一生过得很太平（有人称其"太平宰相"），也很滋润，所以他的词多表现诗酒逍遥和闲情逸致，风雅，有韵味，看得出受南唐"花间派"和冯延巳的典雅流丽词风影响，素有"导宋词之先路"的美誉。说晏殊是"婉约派"的开创者也不为过。

但这首《浣溪沙》却是平白而伤感的。

花开花落，惜春伤春，景物依旧而人事全非。纵然襟怀冲淡，也难免落寞伤感。这首明白如话的小令，却令人琢磨。或说是表现年华易逝的伤感，或说是抒发怀旧之情，甚至还有人拿"香径"和"独徘徊"大作文章，说是表现爱情，好像一个失恋的老男人故地重游，在期盼着"燕归来"。然而这些并不要紧，我作这幅画就没打算图解，不过是一次冲动后的借题发挥。

这是我离开京城回到故乡所作的第一幅画。其时泊心堂尚未落成，只是在一个阴晦的上午，于一张简陋的台子铺上毡子和宣纸，执一管兼毫，一挥而

一曲新詞酒一盃，去年天氣舊亭臺。夕陽西下幾時回。無可奈何花落去，似曾相識燕歸來。小園香徑獨徘徊。

丁亥清华

就,一气呵成。看着眼前墨迹未干的这幅画,突然有了莫名的激动与感动。这激动应该来自对笔墨的眷恋,而感动则因为回到了故乡。作这幅画,并非留恋京城的岁月——从二十世纪九十年代末期到现在,我在北京过了近二十年,却从来没有觉得这座城市与我的亲近,仿佛卡夫卡笔下的那个"K",一直就在城堡外面溜达。更谈不上什么"诗意的栖息",只是一味地忙乱而已。我已经十余年不写小说,气力都用于做电视剧了,这件无聊的事对我来说其实是一次蓄谋已久的热身,原想接下来能拍几部自己想拍的电影,皆因种种原因搁浅。既然这样,我就没有留守京城的必要了,况且,北京的空气越发让我难以忍受,深感压抑和郁闷。我的离开显得果决而匆忙,房子至今还空着在。

　　丁酉年正月初五的凌晨三点,我驾车出发,经过十八个小时的长途奔波,于次日晚间抵达了故乡安庆,车下高速,竟然迷路了。我这才意识到,原来自己对故乡并不熟悉,实际上也未曾有过多么的向往。1978年我从这里走出去读大学,1982年又被分配到此地工作。两年后,再度告别,这一走就是三十三年。即

王维诗之 丙申秋 清平

使是每年回来探亲,也还是一个过客。现在我又回来了,回到起点,我用三十三年绕了一个圈,和时间开了个玩笑。但是,这块熟悉又陌生的土地上毕竟有我的亲人和朋友,父母业已故去,故乡便是家园,我必须回来。后来有朋友问,是否就此叶落归根?我说不知。对于我这样的人,前程与末路往往是混沌不清的。我的笔下两只燕子在飞,而我是一个人走路——这些年东奔西跑,一个人走了不少路,但并不以为孤独,或者说很享受这份孤独。我自制过一方闲章就叫"一意孤行"。现在回来,算是有了暂时的安定,如同一只倦鸟落在树上。

作这幅画的当天,我的窗外很多人在欢庆着一件秋日盛事,而我却无法高兴。今年是我的本命年,转眼一个甲子过去了,过得悄无声息。或许人生就该如此,本质上没有多少意义,存在即虚无。人很脆弱,命若琴弦,人还不如一棵树、一块石头。这种冲动变作散锋落笔,竟以一块石头作为主体,占据画面重心,形成对人的倾轧,反衬人的渺小。这样一种刻意营造的孤寂和压抑,或许有悖于词人的本意,却正是那一刻我想要的。对逝去的岁月我从未有过伤感,也没有多少缅怀,这首《浣溪沙》在故乡与我邂逅,却让我在那一天里沉默了很久。试想,当时的晏宰相是怎样的心情呢?面对夕阳,他惦记着的是"几时回";看看当下,他感叹的是"独徘徊"——应与"昨夜西风凋碧树,独上高楼,望尽天涯路"是一样的情怀吧?我虽然也曾经身不由己地在官场混迹几年,但是十分厌倦那段时光,是对生命的亵渎。所以,夕阳几时回,于我没有丝毫的触动,反倒让我坚信:夕阳必定西下,任何人也无法阻止。某种意义上,自然的规律就是历史的规律。我喜欢独徘徊,无论脚下是香径还是歧路。

这幅画于我是一个纪念,如今就挂在我的画室里。

2018年1月14日,于泊心堂

独立苍茫天地间
——陈子昂诗意图

前不见古人,后不见来者。

念天地之悠悠,独怆然而涕下。

——陈子昂《登幽州台歌》

陈子昂这首《登幽州台歌》,句式上用了"楚辞体",长短参差,且又直白,读起来不像是诗,像文。陈子昂是喜欢楚辞的,其《感遇诗》中就有一些地方直接化用了《离骚》或《九歌》,比如"袅袅兮秋风"之类。相对律诗,这首古风其实当时并不讨好,然而就这么平白的 22 个字,却成绝唱,流传至今。

幽州台即蓟北楼,遗址在今天北京市大兴区。春秋时燕昭王求贤若渴,筑此金台(置黄金于台上),以招揽天下贤良,燕国得以兴盛。在陈子昂看来,这是"前不见古人,后不见来者"的盛事,对燕昭王重用乐毅,燕太子丹礼遇田光,诗人充满着钦慕。再联想到当下,自己的良策不仅不被武则天采纳,反倒一度因所谓逆党株连下狱,实在是生不逢时,心中纳满苍凉与悲伤,于是便不禁"独怆然而涕下"了。

秋天的时候,我曾作过一幅《晏殊词意图》——"小园香径独徘徊"。那是我回故乡后所作的第一幅画,别致之处,是以小园中一块奇拙的山石作为主体。这有点偏离晏殊的词意,却是我的思想——人太渺小,命若琴弦,还比不了一块石头的生命力,存在即虚无。对酒当歌又能改变什么呢?其实作那幅画时,我已经想起了陈子昂这首《登幽州台歌》。显然,陈子昂这首诗不同于晏殊的那首《浣溪沙》,完全不同,也从未见过有人将这二者放在一起考量,但那一刻我确实是产生了这样的联想。于是就决定再作一幅,所以从这个意义上讲,眼下这一幅《陈子昂诗意图》应是前一幅的"姊妹篇"。

这幅画已经不是借题发挥,而是改题发挥了——把幽州台改作了山巅。既然"黄金台"的意义早已消失,陈子昂又何必再作幻想?诗人还是随我去趟山里,独立苍茫,尽管头顶乌云翻滚,毕竟还有松涛相伴;纵使眼前千丘万壑,毕竟视野更为广阔。我觉得,这样的情景,才能与那首千古绝唱相配。

在我看来,陈子昂这首诗的气魄之大,在于诗人以苍茫的天地作为背景,来衬托一个孤寂卑微的"我",有洪荒之感,又仿佛贯穿古今。陈子昂是初唐时期的大诗人,是唐朝古文运动的先驱者,诗风遒劲飘逸,追摹建安、正始,反对南朝时期的绮丽之作,这对唐诗的发展,起到了不可忽视的推动作用。对此,位居"八大家"之首的韩愈曾有一句评价:国朝盛文章,子昂始高蹈。

这里的"高蹈",意指超越,可见韩愈对陈子昂的肯定。然而这样"高蹈"的人物,却在现实中怀才不遇,而且身陷囹圄,悲怆可想而知。

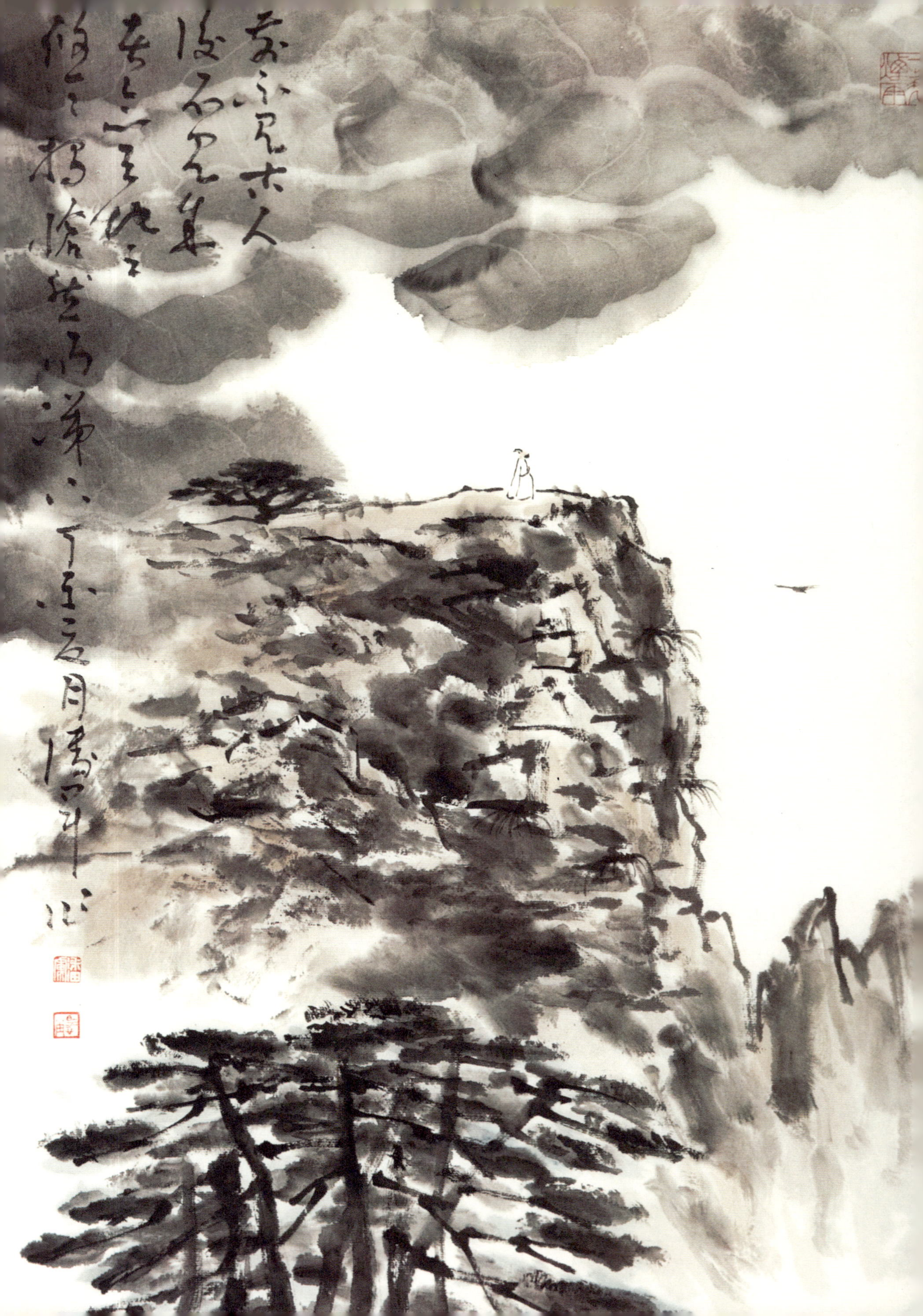

自古有抱负的文人，即信奉"治国齐家平天下"的政治理念，并有"先天下之忧而忧"的情怀。某种意义上，一部中国古代史，其实就是一部帝王和文人的缠斗史，二者的关系千丝万缕，盘根错节，历朝历代生生不息。文人的理想其实很简单，无非是想展现自己的才华，无非是希望这才华受到帝王家的赏识，也无非是想以自己的这份才华推动国家的进步，最终与江山社稷融为一体，血脉相连，成为一束民族之光，照进历史，即所谓"立德立功立言"。这又错在哪里呢？

多年前，我就想写一部长篇小说，叫《中国·陶瓷》。事实上，这部小说已经写了几万字，至今还躺在电脑里。曾有人问我，为什么取这样一个名字？是因为"中国"和"陶瓷"同为一个英语单词吗？当然会有人说，中国的陶瓷从来就是世界第一，故以陶瓷指代中国,是一种荣誉。或许就是这样。但我的思考只是由此开始。

陶瓷——无论是陶还是瓷,本质皆为土,或者说大地赋予陶瓷以骨血——来自大地的某种土壤,比如高岭土,经过挖掘、化泥、反复捶制,做成坯,再晾干、上釉、进窑,于烈火中进行烧冶,最后成为陶瓷的作品。但是,陶瓷自诞生之日起,即有两种不可抗拒的命运——

粗劣的、低级的,成为民间实用的器皿;

精致的、高级的,成为宫廷的玩物。

作为玩物的陶瓷也有两种命运:被珍藏或被抛弃,甚至偶尔还会成为玩家情绪发泄的道具——大玩家气急败坏之际,摔件汝窑的瓶子,掼只定窑的碗,也很平常。于是作为玩物的陶瓷顷刻间成为一堆垃圾,被扫地出门,回归于土地,从此默默无闻。匪夷所思的是,几百年乃至几千年后,这些埋藏于地

听山图·2018 年（31.5cm × 31.5cm）

下的、沦为碎片的陶瓷被人意外发现,便瞬间又成为一个民族的瑰宝——这是陶瓷的宿命,抑或文人的宿命?

毋庸置疑,《中国·陶瓷》的整体构思,即是想创作一部百年中国知识分子的心灵史。这也许是我最后的一部小说。我深知未来的日子里,这部小说的写作艰难,也时常怀疑自己的意志和气力,还能够坚持多久。

当然,我也会低声地对自己说:写下去。

2018年4月22日,于泊心堂

《东坡观砚》笔记

明代陈继儒在《笔记》中记载,曾见过苏轼的一篇砚铭手迹,上面是这样一段对话:

或谓居士:"吾当往端溪,可为公购砚。"居士曰:"吾两手,其一解写字,而有三砚,何以多为?"曰:"以备损坏。"居士曰:"吾手或先砚坏。"曰:"真手不坏。"居士曰:"真砚不坏。"

作为文学家、书画家的陈继儒也是位大收藏家,这事应该可信。苏轼也确实有这样一则砚铭,是为门生黄庭坚所写,但这段充满禅机的对话是实录还是虚构?是否就是苏黄二人之间的对话?尚不可知。

东坡观砚·2017 年（31.5cm ×31.5cm）

东坡观砚(局部)

古时文人的雅兴怪癖素来被人称道传颂,也大都成为绘画的题材。如王羲之的爱鹅,米芾的拜石,倪瓒的洗桐,林和靖的梅妻鹤子,不胜枚举。当然其中少不了苏轼的品砚——很多人物画家都画过。自古有武人宝剑、文人宝砚一说。陆游有诗云:"穷交谁耐久?晨暮一破砚。"陈继儒则说得更为形象生动:"文人之有砚,犹美人之有镜也,一生之中最相亲傍。"可见砚与文人雅士的亲密如影随形、亦步亦趋。但像苏轼这样的爱砚成癖却不多见。有人作过统计,查其文集,苏轼一生作铭69篇,其中砚铭就达29篇之多,此外还有不少咏砚的诗词。苏轼好砚的情结,应始于少时所得"天石砚",因此作《天石砚铭》——

轼年十二时,于所居纱行宅隙地中,与群儿凿地为戏。得异石,如鱼,肤温莹,作浅碧色。表里皆银星,扣之铿然。试以为砚,甚发墨,顾无贮水处。先君曰:"是天砚也。有砚之德,而不足于形耳。"因以赐轼,曰:"是文字之祥也。"轼宝而用之,且为铭曰:

一受其成,而不可更。或主于德,或全于形。均是二者,顾予安取。仰唇俯足,世固多有。

元丰二年秋七月,予得罪下狱,家属流离,书籍散乱。明年至黄州,求砚不复得,以为失之矣。七年七月,舟行至当涂,发书笥,忽复见之。甚喜,以付迨、过。其匣虽不工,乃先君手刻其受砚处,而使工人就成之者,不可易也。

铭文仅32字,却前有序,后有跋。儿子捡到一块奇异的石头,老子便认为是一方天石之砚,坚称此乃文字吉兆。所以苏轼"宝而用之",怀有不负苍天的

自我来黄州，已过三寒食，年年欲惜春，春去不容惜。今年又苦雨，两月秋萧瑟。卧闻海棠花，泥污燕支雪。暗中偷负去，夜半真有力。何殊病少年，病起已白。

雄心。可是到了元丰二年,苏轼因反对王安石变法,站在司马光一边,因言获罪,这宗文字狱史称"乌台诗案"。显然,这一事件对苏轼的影响是巨大的,也是其创作风格的分水岭。这之前,从任杭州通判到徐州知州再到湖州太守,苏轼的诗词作品洒脱自如,直抒胸臆。说他是"豪放派"的领军人物,某种意义上,便是因为这时期的创作(当然不是全部)。而诗案之后,作者便转向了对大自然和人生的体味与感悟,那个"大江东去,浪淘尽千古风流人物"的苏轼渐渐消失了,代之以"小舟从此逝,江海寄余生"的苏东坡。至于晚年谪居惠州、儋州,则更为淡泊旷达。然而这所谓的旷达也还是无奈——"心如死灰之木,身如不系之舟。问汝平生功业,黄州惠州儋州。"这才是苏东坡真正的心声,自嘲而悲凉。

当年苏轼于湖州任上下狱,家人流离失所,书籍散乱。次年被贬黄州后,寻天砚而不见,以为丢失了。几年后他离开黄州,舟行至当涂,打开书箱,意外地见到了这方天砚,喜出望外,遂交付两个儿子苏迨、苏过。这方"天石砚"似乎成了老苏家的传家宝。"天砚"没有保全苏轼的平安,却让他成为一代文豪,并于黄州写下了号称"天下第三行书"的《黄州寒食帖》——我以为使的就是这方砚。祸兮?福兮?

作为一幅人物画,必定是要表现人物在特定情境中某个瞬间的,那么,我想要的那个瞬间,便是苏轼在那方

扁舟一櫂归心急 戊戌夏月心

"天石砚"失而复得后的"甚喜"。这是发自内心深处的极大喜悦,其中仿佛也蕴含着"世事一场大梦,人生几度秋凉"的感叹与忧伤,可谓悲欣交集。而作为前景的一池荷叶,无疑象征着这位大文豪的品格高洁。这或许和以往的人物画家有所不同。多年前我曾看过一位人物画家所画的"苏轼赏砚",随口问了句,你为什么要画这个题材呢?他回答不了,只说大家都这么画。

这幅《东坡观砚》在微信上发布后,受到朋友们的好评。老友唐先田给我留言,说此画极好,构图、留白、荷的衬托,都使得画面雅致而疏朗,恰好契合了东坡先生的精神境界。资深记者何素平说,那一池的荷花,应该就是朝云。

苏东坡诸多的砚铭中,其中一则《端砚铭》很著名,可以视为砚的一篇宣言,抄录如下:

  与墨为入,玉灵之食。
  与水为出,阴鉴之液。
  懿矣兹石,君子之侧。
  匪以玩物,维以观德。

2018年1月9日,于泊心堂

存心要画《赤壁赋》

几年前的夏天,我刚由一个剧组杀青归来,毫无由头地光着膀子在北京的寓所写大字——这些年往往就是这样,每当一部书写完或者一部戏拍完,我都要以书画的方式让自己放松一阵子。我用了足足一个上午,挥汗如雨地写下了十三米长卷的《前赤壁赋》。两天后,又用一个下午,写下十一米的《后赤壁赋》。我写的是行草,一气呵成。专业上没有什么要求,自我感觉还不赖,就装裱起来。一天,有位画家朋友到访,我便请他看这两个手卷,他扫了一眼,就说:三十年。他的意思是,没有三十年的功夫,是写不出这样的字的。显然这是在抬举我,也就敷衍:是断断续续三十年。

对苏轼的了解,缘起并非他的诗词文赋,而是他的字。我少时——十来岁吧——练习大字,一无高人指点,更无好帖可临,全靠自己瞎琢磨。那个时代,县城新华书店里能买到的毛笔字帖就是一份柳体的《雷锋日记》。后来,也不知从哪听到的,说练字得把一块大青砖在炉子上烤干,再执笔蘸水于上书写,这样既能练笔力腕力,还能省墨省纸。于是就这么试验,跟玩似的。很多年后我在北京天坛公园看见过类似情形:有老者执一细棍,棍梢绑团棉花,边上置一桶水,蘸着水在地砖上书写——称为"地书",围观者众,成为天坛一景。如此看来,我当初的试验该叫"砖书"吧?

某天,我在自家门前摆上一只方凳,进行"砖书",一面写潮,翻过面再写。猛然间发现身后早已立着一个陌生的中年男人,面色和善,在看我写字。我很不好意思,草草收摊了。第二天,这人又来了,给我带来了一本没有封皮的字帖《丰乐亭记》——苏轼所书。这人对我说:写写这个吧。你能写字。

这是我第一次知道苏轼的名字并见到他的字,很好看。后来我才知道,陌生的中年男子姓程,是我一位老师的丈夫,本人也是老师。两年后我到了中学,这位程老师已经是我们学校的总务主任了。每回遇见,他就问:还在写字吗?见我不答,程老师便说:要坚持,不要三天打鱼两天晒网。几年后我上了大学,每次放假回家,都会去程老师家坐坐,少不了会提起这件往事。这本薄薄的字帖伴随我很多年。有一点我自己是清楚的——我写字是为了画画,我相信书画同源这一说,吴昌硕、黄宾虹的以书入画,我是很赞同的。

苏轼前后两篇《赤壁赋》,都作于元丰五年(1082年)的黄州——三年前,苏轼因"乌台诗案"下狱,遭受诟辱折磨,甚至担心会被随时问斩,曾写诗与弟弟子由诀别——"是处青山可埋骨,他年夜雨独伤神"。后经多方营救,加之宋神宗的惜才,才得以释放,被贬为黄州团练副使,这是从八品的"散官",级别大概相当于现在的县人武部的副部长,没有实权,待遇也差,但好过"双规",有一定的人身自由。故苏轼得以于这年的七月十六和十月十五,两次泛游黄州附近的赤壁,遂以此为题作出前后两赋。其实,苏轼当年所游的是黄州附近的赤鼻矶,并非当年赤壁鏖兵之地。苏子只是借题发挥,以抒发一下自己郁闷失意的情怀罢了。倒是赤鼻矶因此出名,被后人称为"东坡赤壁"。

苏轼在黄州前后住了五年,虽有团练副使的名分,实则生计艰难。好在友人相助,帮他拓荒种地,掘井筑屋,躬耕其中,这才有了"雪堂"和"东坡居士"——从苏轼到苏东坡,不是简单的名号改变,而是心灵与气质的改变。经过这番人生起落,苏轼的思想自然要起变化,但又矛盾——一方面,他对遭受这样的打击感到悲愤痛苦,对朝廷感到失望,企图通过老庄与佛学求得解脱。另一方面,每日与田夫野老躬耕农事,又让他感到了安慰与温暖,信心得到恢复,性格也渐渐变得旷达,甚至幻想自己会东山再起。

前后《赤壁赋》,是文学史上的名篇,是美文,也是书家画家常用的题材,我也多次画过。今天再画,其实也担心未必能画出什么新意,无非是对苏子的缅怀——这种心情,类似林语堂当年撰写《苏东坡传》,他是"存心"地要写,我是"存心"地要画。正如林先生所言,中国历史上"像苏东坡这样富有创造力,这样守正不阿,这样放任不羁,这样令人万分倾倒而又望尘莫及的高士""是人间不可无一难能有二的"。对这样的人物,怎能不景仰?前些日子我画过一幅《东坡观砚》,那是以人物作为主体的,那么,这幅《赤壁赋》就作成山水吧,山水有时候不是风景,是人的心情。我想表达的,便是那一夜的气氛、东坡先生纵情夜游的心情。

作为美文的"赤壁两赋",称得上是字字珠玑,诗情画意,以前我是能背诵的。苏东坡皆以江水夜月为景,触景生情。但是,一样的赤壁之景,作者传达出来的感受却不尽相同。前赋是"清风徐来,水波不兴""白露横江,水光接天",后赋则是"江流有声,断岸千尺,山高月小,水落石出"。表面看,似是不同季节的山水特征,实则是作者内心起了变化——从"曾日月之几何,而江水不可复

赤壁赋·2017 年（48.5cm × 49.5cm）

赤壁赋(局部)

一蓑烟雨·2018年（45cm×69cm）

一蓑烟雨(局部)

识"的感叹,到"予亦悄然而悲,肃然而恐,凛乎其不可留也",后赋描述的这种凄切而惆怅的心情,当是油然而生。林语堂有这样的论述:"只用寥寥数百字,就把人在宇宙中的渺小道出,同时把人在这个红尘生活里可享受的大自然的赐予表明",他认为这种表现"正像中国的山水画。在山水画里,山水的细微处不易看出,因为消失在水天的空白中,这时两个微小的人物,坐在月光下闪亮的江流的小舟里,由那一刹那起,读者就失落在那种气氛中"。

或许这正是我想要表达的气氛。但是对于一幅山水画,怎样表达依然是个问题。实际上,以前我画过好几种构图的《赤壁赋》,一直不满意。直到这篇文章完成初稿之后,隔天想想又画了一幅。依旧是散锋漫扫,依旧是山高人小,但这回苏子没有站在船头,而是跟游伴坐于舟中,姿态悠然。画面上也没有月亮,但感觉有月光——月亮的光影在山体上影影绰绰的变化,给人以压迫。山势的咄咄逼人与舟中苏子的逍遥闲适,是对比,更是抵抗——这就是我想要表达的吗?

翌日一早,我将这幅《赤壁赋》晒到朋友圈。很快受到朋友们的夸赞,其中作家黄复彩留言:"一种沉沉的压迫感,有黑云压城之势,这是我看到的最好的《赤壁赋》。"

我便回复:"这题材我画过多次,数这张稍好。"

复彩继之又回:"黑与白,赤壁的压迫与苏子的闲适,形成对比。我想,这也许是作家(兼画家)与一般画家的区别。很多画家技巧上也许超过你,但他们无法诠释至这一步。"

我觉得,复彩还是懂我的。

这个题材今后我还会画,希望笔下还会出现更好的《赤壁赋》。

2018年2月2日,于泊心堂

空知返旧林
——王维诗意图

　　文人画的源头,一说是可以追溯到唐代的王维王摩诘的。王维能诗会画,在诗与画的领域都有不凡的成就。苏轼在评论王维的诗画时曾说:"味摩诘之诗,诗中有画;观摩诘之画,画中有诗。"这一评价后来成为文人画的纲领。我没有见过王维绘画作品的真迹,网上流传的《雪溪图》《江山雪霁图》之类又比较可疑,但从历代谈画的文论中,可以明白王维在美术史上的地位,丝毫不亚于其在文学史上的地位,甚至还高。董其昌说王维是中国画南宗的创始者,虽然这一观点有争议,但足以说明王维的分量。自中国画出现南北宗,便意味着文人画与工匠画(包括宫廷画)的分野,是划时代的,而王维的画理与实践,当时的影响力就毫不逊于同时代的李思训,用张彦远的话说,是"风致标高特出",算得上独领风骚。从后来的发展看,南宗一脉渗透在元明清的历史中,十分契合文人的心理,从"元四家"到"清四僧",影响广泛而深远。

中国画，尤其是山水画，如果以"画中有诗"为尺度，会找出一堆，王维不过是身份特殊而已。王维活在盛唐时期的开元、天宝年间，进士出身，曾官至尚书右丞，其诗歌久负盛名，他的《送元二使安西》被谱成"阳关三叠"，家喻户晓。同时，他还是个大画家。至于"诗中有画"，无非是指诗句中有着造型艺术的因素，看似写景，实则写情。情景交融，便使客观的景主观化了。王维有很多这样的诗，历代、当代的山水画家、人物画家都喜欢以此作为题材。但是，王维的诗有些是画面感不强的，或者凌驾于情景之上的感慨，甚至宣泄牢骚，比如这首《酬张少府》：

晚年唯好静，万事不关心。
自顾无长策，空知返旧林。
松风吹解带，山月照弹琴。
君问穷通理，渔歌入浦深。

乍一读，还以为王维隐居辋川别墅享福去了。但查一下这首诗的时间，才知作者其时仍在京城做官。张少府即张九龄。张为相时，王维对现实和自己的政治前程都是看好的。

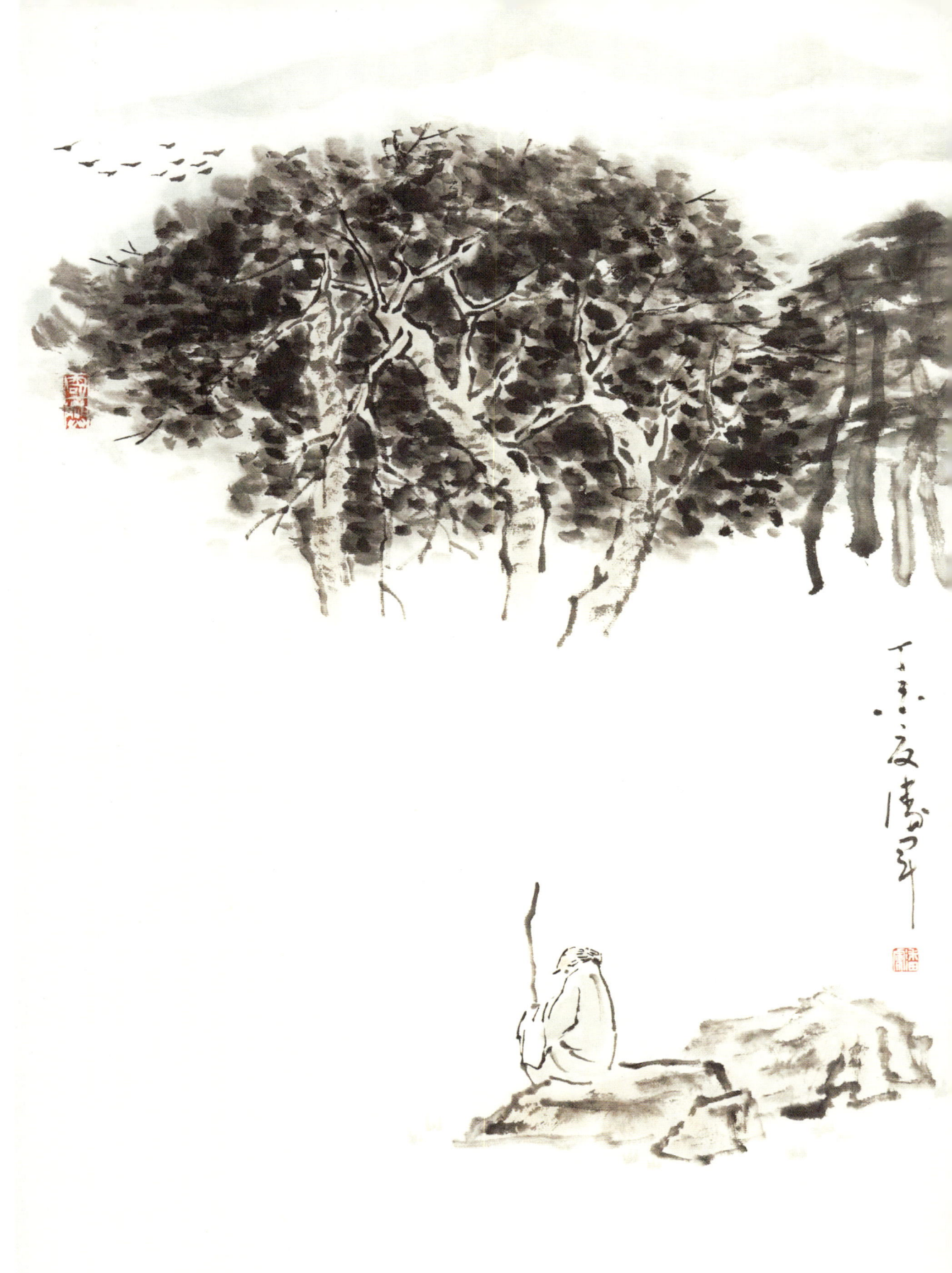

五十年前为三千人造像戊戌春月属四十心

然而不久，张九龄罢相贬官，朝政大权落到李林甫之流手中，坏人当道，意味着好人遭打压，政治局面日趋黑暗。在如此严酷险恶的现实面前，一个书生既不甘同流合污，又感到无力回天，幻灭感便油然而生。所谓"晚年唯好静，万事不关心"，究竟是在劝张九龄还是在说他自己呢？而"自顾无长策，空知返旧林"则更为直白——是苦闷，还是牢骚？

这一刻我不禁想到了千余年后另一位满腹经纶的书生，就是胡风——当年他的"三十万言书"，在他看来无疑是道"长策"，因为"时间开始了"，他必须在新的时间里有所作为。对中国文艺界的事情，胡风是太想关心了，无比渴望这道三十万言的文艺"长策"被采纳。令人震惊的是，这道"长策"带给他的却是累计三十年的牢狱之灾——"三十万言三十年"（聂绀弩句）！

自古书生就是心系河山，家国一体，不关心其实是想关心，"唯好静"

天寒红叶稀·2018 年（31.5cm × 31.5cm）

是因心不静，所谓的归隐并非实在的心里话，无奈罢了。有正话反说的意思，内心还是期盼着朝廷赏识自己的。那种"松风吹解带，山月照弹琴"的飘逸闲适，不能说不向往，但也还是说说而已。这种不得志又不甘心的心理，或是中国历代文人共有的。对于他们，哀莫大于心不死。

毕竟是酬张少府，所以王维得回到题目："君问穷通理，渔歌入浦深"，且又顾左右而言他，以不答作答，要张九龄保持达观，看开点。王维其实还是在劝慰自己吧？

不知道为什么要挑王维的这首诗来作画，既然标上"王维诗意图"，因此我也必须"酬"一下，就得择取全诗的某个瞬间——我选"空知返旧林"。尽管"松风吹解带，山月照弹琴"入画自然讨好，但是虚伪。我笔下的那片林子也不是松林，却是旧林。没有松风，唯剩寂寥；没有月亮，但有倦鸟。画中的老翁，应该比张九龄和王维都显得老迈，或许是暮年的王维？

也可能是数千年来的某个失意的书生，比如胡风，包括你我。

2018年1月8日，于泊心堂

空山一声松子落

怀君属秋夜，散步咏凉天。

空山松子落，幽人应未眠。

——韦应物《秋夜寄丘员外》

中唐诗人中，韦应物的五言绝句，一向为诗论家所推崇。明·胡应麟在《诗薮》中说："中唐五言绝，苏州最古，可继王、孟。"大学课堂上老师讲到唐诗五绝，势必会引用沈德潜的《说诗晬语》："五言绝句，右丞之自然、太白之高妙、苏州之古淡，并入化境。"——看来韦苏州的"古淡"，历代诗论家的评价很一致。"古淡"这个词，字面上看起来就直白，也舒服，但解释起来又有些玄乎。在我这里也还是依字面而解，即古朴淡雅。韦应物这首五绝，落笔从容，言简意长。不求语言之华丽,却有结构之跌宕,让人读来韵味隽永。这古淡,让我想起倪云林的山水、八大山人的墨荷。

按王国维的划分,这首诗乃是"有我之境"。静夜听见几声落下的松子,便思念起远方的幽人,即是"以我观物,故物皆着我之色彩"。丘员外即丘丹,苏州嘉兴(今浙江嘉兴市南)人。初为诸暨令,后为尚书户部员外郎。贞元初,归隐临平山。丘丹也是中唐诗人,与韦应物是好友,二人时有唱和。如《奉酬韦苏州使君》:

露滴梧叶鸣,秋风桂花发。
中有学仙侣,吹箫弄山月。

几年前我在京城寓所曾经画过一幅《霜林醉》,画上题句虽用了李白"人生得意须尽欢,莫使金樽空对月",但取意是韦应物的那首《淮上喜会梁州故人》——

江汉曾为客,相逢每醉还。
浮云一别后,流水十年间。
欢笑情如旧,萧疏鬓已斑。
何因不归去,淮上有秋山。

显然,这画中的人不是李白,也非韦应物,只是一个失意落魄且又满心欢喜的古时醉汉。身份不明或者没有身份。人这一生,何为得意,又何为失意?有时候界限是模糊的。一时的得意也许会换来终生的失意,现实中的艰难遭际,

深山松石證
真人歲月
時乙丑唐雲

也可能赢得历史上的辉煌。我作这画，是因了那句"浮云一别后，流水十年间"，这种久别重逢的喜悦，是人生一大快意，与失意得意无关。韦应物这首五律，后两句，亦即末联，也作"何因北归去，淮上对秋山"，究竟哪是讹传，至今没有结论。但二者的意思大不一样，一是留，一是离。但无论怎么理解，都还是说着一次"喜会"，当然也是悲欣交集。于是不禁想起了1961年，吴宓南下广州探望病中的陈寅恪，那是这两位清华故人在这个世界上的最后一面。离别之际，陈寅恪似有预感，遂赋诗纪念——

问疾宁辞蜀道难，
相逢握手泪汍澜；
暮年一晤非容易，
应作生离死别看。

自我回到故乡，便有机会与往昔的小学、中学的同学相见，有的同学已经是长达四十多年未见，真可谓"欢笑情如旧，萧疏鬓已斑"。但同时又因此与一

霜林醉・2014年（45.4cm × 70cm）

霜林醉(局部)

陈寅恪先生曾言：才也，不可强也，知无也，先生之英迈，或有时而不幸。先生之学识，或有时而可商，惟此独立之精神，自由之思想，历千万祀，与天壤而同久，共三光而永光。

陈寅恪先生·2003年（40cm×57cm）

陈寅恪先生（局部）

些朋友疏离了——以前驻京,除京城所在的朋友彼此走动外,还时常会有外地的朋友到访,相见也是十分惬意。如今突然间失去这些,难免会有所失落。

夏天的时候,我因一部戏的筹备,去大连看景。一个晚上,在濒海的一座酒吧和当地的同行闲聊,不知怎的就谈起了一位朋友,或许因为他是生于这块土地的缘故吧?他的年纪稍长于我,我们也曾是同行。不过,我说他是我的朋友,其实我们之间连一面之缘也没有,我只见过他的照片,平常朴素的面貌,带着稚气的微笑,让你觉得仁义慈爱。他必定不知道我的,而我这么多年来一直对他很牵挂。对这种关系,大家也并不觉得奇怪。我想,他也应该是他们的朋友。所谓千里神交,有如面对,虽素昧平生,却是咫尺天涯。

由大连回来半个月后,那天我在江南的池州,正与几位友人喝茶,忽然就从手机里看到了他离世的噩耗,不禁悲由心出!那一晚,手机里都在说着他的离去。我难过的是,竟不知上何处给他献上一束鲜花!可又一想,也为朋友感到骄傲。有的人生前轰轰烈烈,一旦归西,也就被人遗忘,忘得干干净净。这不是自然的法则,而是历史的法则。

1927年王国维自沉于昆明湖,两年后,一些清华的师生捐款为其立碑,以寄托哀思,请陈寅恪先生撰写碑铭,于是便诞生了著名的《清华大学王观堂先生纪念碑铭》——

士之读书治学,盖将以脱心志于俗谛之桎梏,真理因得以发扬。思想不自由,毋宁死耳。斯古今仁圣所同殉之精义,夫岂庸鄙之敢望。先生以一死见其独立自由之意志,非所论于一人之恩怨、一姓之兴亡。呜呼!树兹石于讲舍,系哀思而不忘。表哲人之奇节,诉真宰之茫茫。来世不可知者也,先生之著述,或有时而不章。先生之学说,或有时而可商。惟此独立之精神,自由之思想,历千万祀,与天壤而同久,共三光而永光。

十五年前,在我第一次拜读陆建东所著《陈寅恪最后二十年》之后,我作了一幅陈寅恪先生像,并节录了这篇碑文,题于画上。

今夜,我只想听得空山一声松子落……

2017年12月8日,于泊心堂

《湖心亭看雪》随记

崇祯五年十二月，余住西湖。大雪三日，湖中人鸟声俱绝。是日更定矣，余拏一小舟，拥毳衣炉火，独往湖心亭看雪。雾凇沆砀，天与云与山与水，上下一白。湖上影子，惟长堤一痕、湖心亭一点、与余舟一芥，舟中人两三粒而已。

到亭上，有两人铺毡对坐，一童子烧酒炉正沸。见余，大喜曰："湖中焉得更有此人！"拉余同饮。余强饮三大白而别。问其姓氏，是金陵人，客此。及下船，舟子喃喃曰："莫说相公痴，更有痴似相公者！"

——张岱《湖心亭看雪》

丁酉年正月初五，我离开京城回故里安庆。之前已在长江边上购下一处房产,以三楼作为自己的工作区域,书房画室各一,斋号:泊心堂。画室的外面原是一处大露台,后来改造成敞亮的阳光房兼茶室。工作间歇,便站在这里,眼前的风景即是大江一横,水天一色,江南峰峦一带,江面帆樯几点——这"泊心堂望江"不禁让我想起张岱的《湖心亭看雪》。这一细节,后来就写进了小说《泊心堂之约》。

于是就有了作这张画的念头。当然我也没有按照张陶庵的文字去作描绘,作这幅画的意思,无非是对张岱先生的缅怀。或者通过我这幅画,让人想起三百年前的张岱——他是一位不该被人忘记的作家。张岱的书我仅读过《陶庵梦忆》和《西湖梦寻》,还是在大学时期,当时便觉高妙,虽为小品笔记,但气象不凡,也影响了不少人,比如汪曾祺。张岱的好友兼姻亲的祁彪佳在序《西湖梦寻》中写道:张岱的散文"有郦道元之博奥,有刘同人之生辣,有袁中郎之倩丽,有王季重之诙谐,无所不有;其一种空灵晶映之气,寻其笔墨,又一无所有"。当代陈平原也有类似的评价,认为:明文第一,非张岱莫属。

对张岱比较系统的了解,得益于我的学弟胡益民的著作《张岱评传》。十多年前益民送我这本书,很快我就拜读了,受益匪浅。只可惜,小我两岁的益民已于几年前病故,现在写这篇文章,还是让我心情沉重。《张岱评传》留给我最深的印象有二:

其一,张岱是一个十分有趣的人,用今天的话讲,张岱先生很好玩。《陶庵梦忆》有云:"人无癖,不可与交,以其无深情也;人无疵,不可与交,以其无真气也。"这与袁宏道所言"世人但有殊癖,终身不易,便是名士"如出一辙。这正是晚明文人名士狂狷不羁,玩世、傲世、刺世且又避世的突出表现。

明万历二十五年(1597年)农历八月二十五日,张岱出生于浙江绍兴城内状元坊一个钟鸣鼎食之家。状元坊为张家祖宅。据张岱后来回忆,其时家世虽

湖心亭看雪·2017 年（46cm × 58cm）

不能与曾、祖辈同日而语，但仍是相当显赫——"婢仆数十人，殷勤伺我侧"。好在这样的大家，同时也是一个书香艺术之家。可谓"谈笑有鸿儒，往来无白丁"。张岱一生兴趣广泛，涉猎门类颇多。《张岱评传》认为，"在晚明那种以放诞风流为时尚的特殊文化背景下，少年张岱之成为'纨绔子弟'实是势在必然"。对此，张岱本人也并不避讳，在经过国破家亡、痛定思痛之后，他写下了《自为墓志铭》：

  蜀人张岱，陶庵其号也。少为纨绔子弟，极爱繁华。好精舍，好美婢，好娈童，好鲜衣，好美食，好骏马，好华灯，好烟火，好梨园，好鼓吹，好古董，好花鸟，兼以茶淫橘虐，书蠹诗魔，劳碌半生，皆成梦幻。

——这些在张岱看来，都是有趣的事，故好之。然而几十年后，张岱又自我检讨："学书不成，学剑不成，学节义不成，学文章不成，学仙学佛学农学圃俱不成。"抛开自谦，还是能感觉到在这个人身上，纨绔子弟的豪奢享乐习气和晚明名士文人纵欲玩世的颓放作风兼而有之。张岱未必是个好人，但肯定是一个有趣的人。有一种说法，推测张岱就是《红楼梦》的作者，因为张岱的家境、身世、才学，尤其是性情，无不具备写出《红楼梦》的条件，或说张岱先写出了《石头记》，再由曹雪芹改作《红楼梦》。从民国到现在，这种争论一直就存在，但还是缺乏有力的证据。还有人说张岱即是贾宝玉的原型，这个我不打算接受，因为贾宝玉实在算不得一位有趣之人。

其二，是张岱有些观点别出心裁。胡益民在《张岱评传》里，站在张岱的立场上以"诗画界限论"对传统的"诗画一律论"进行了鲜明的挑战。胡著引用了张岱《与包严介》文，照录如下——

石朗记 丁丑清明一心

石头记(局部)

石头记·2017年（46cm×69.5cm）

……弟独谓：诗中有画，画中有诗，因摩诘一身兼此二妙，故连合言之。若以诗句之意作画，画不能佳；以有画意为诗，诗必不妙。如李青莲诗"举头望明月，低头思故乡"，有何可画？王摩诘《山路》诗："蓝田白石出，天寒红叶稀"，尚可入画。"山路元无雨，空翠湿人衣"则如何入画？又《香积寺》诗："泉声咽危石，月色冷青松。"泉声、危石、月色、青松，皆可描摹，而"咽"字、"冷"字，则决难画出。故诗以空灵为妙诗，可以入画之诗，尚是眼中银屑也。……由此观之，有诗之画，未免板实；而胸中丘壑，反不若匠心训手为不可及也。

显然，这一观点与苏轼"味摩诘之诗，诗中有画；观摩诘之画，画中有诗"形同冰炭，虽不成主流，但不能说没有道理。张岱反对的是那种创作上的刻意为之，无论是诗文还是书画。在他看来，"天下之有意为好者，未必好；而古来之妙书妙画，皆以无心落笔，骤然得之。如王右军之《兰亭记》、颜鲁公之《争坐帖》（被誉为天下第二行书的《祭侄帖》更是如此——笔者注），皆是其草稿，后虽模仿再三，不能到其初本"（《跋谑庵五帖》）。而应该是"瓜落蒂熟，水到渠成"（《蝶庵题像》）。这种观点倒是近似于我们常说的那种"长期积累，偶尔得之"。区别在于：我们需要积累什么？最终又能得到什么？

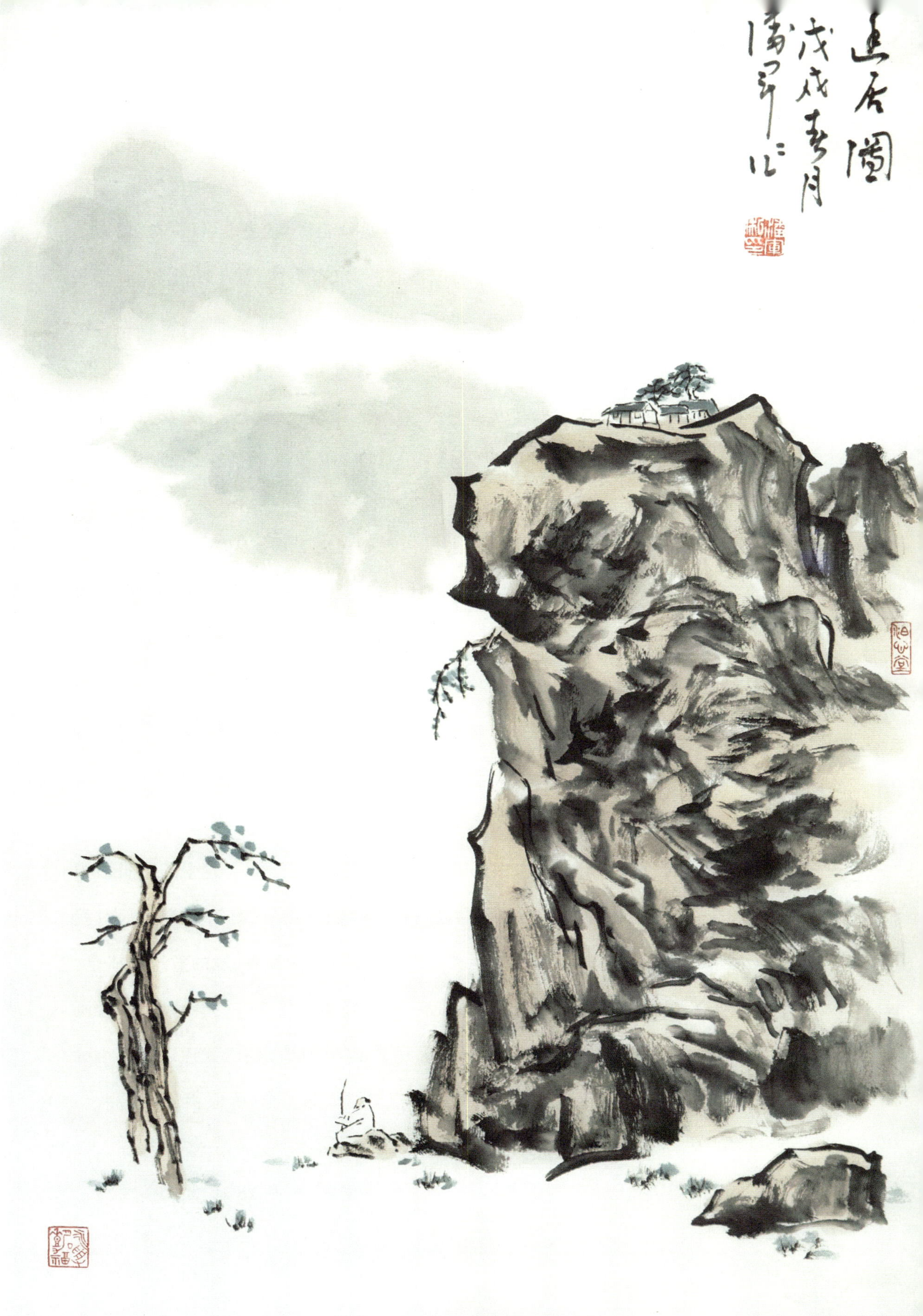
戊戌春月

张岱年届知天命,经历了天地巨变:清廷入主,社稷倾覆,生灵涂炭,家道败落。"学节义不成"的张宗子最后的出路就只能是"避迹山居,所存者,破床碎几,折鼎病琴,与残书数帙,缺砚一方而已,布衣蔬食,常至断炊"。张岱长寿,活到了八十一岁,晚年学佛,号"六休居士"——按佛家理论,修行人之六根(眼、耳、鼻、舌、身、意)清净,不贪恋外面的六尘(色、声、香、味、触、法),全都休止。然而正是这种大起大落的人生遭际,留给了我们一个生动有趣的张陶庵,最后还是以《陶庵梦忆》《西湖梦寻》这样的散文小品活在了今天。

台静农曾经为《陶庵梦忆》作序,有这样一段描述:

> 一场热闹的梦,醒过来时,总想将虚幻变为实有。于是而有《梦忆》之作。也许明朝不亡,他不会为珍惜眼前生活而着笔;即使着笔,也许不免铺张豪华,点缀承平,而不会有《梦忆》中的种种境界。至于《梦忆》文章的高处,是无从说出的,如看雪个和瞎尊者的画,总觉水墨瀚郁中,有一种悲凉的意味,却又捉摸不着。

文中的"雪个"是指八大山人,"瞎尊者"则指石涛。静农先生的这番话很打动我。两年前我去铜陵讲学,邂逅一位青年散文作家,她有些突兀地对我说:你让我想起张岱。这话在她不是恭维,在我也不敢高攀,她的意思大概是,这些年来我的生活漂泊不定,变化无常,且又兴趣广泛——一会写写,一会画画,一会还拍拍,甚至还演演。所以她想起了张岱。那么现在,我谨以这幅小画向张陶庵先生致敬,同时也表明,此生我很愿意成为一个"痴似相公者"。

2018年1月28日,于泊心堂

燕赵悲歌

韩昌黎所言"自古燕赵多慷慨悲歌之士",应该源自易水河边那场气壮山河的诀别。

《史记》对这一幕的记载,简洁,却极具穿透力:

> 太子及宾客知其事者,皆白衣冠以送之。至易水之上,既祖取道,高渐离击筑,荆轲和而歌,为变徵之声,士皆垂泪涕泣。又前而为歌曰:"风萧萧兮易水寒,壮士一去兮不复还!"复为羽声忼慨,士皆瞋目,发尽上指冠。于是荆轲就车而去,终已不顾。

这也是家喻户晓的故事。绘画作品应有表达,但我没有见过。我这幅画,缘起一次水墨实验。友人送来一种当地手工生产的皮宣,我想试一下纸性。遂取一张四尺三开作泼墨,但效果不佳。于是就依形写成一山势,没当回事。那天有事出门,回来后再返画室,突然从这纸上看见了罕见的气韵——那是一种山雨欲来、黑云压顶之势,满纸烟云。这纸发墨不理想,却意外显现出令人窒息的干枯与声嘶力竭的厚重。我点上一支烟,坐在这大团的墨色面前,凝视良久,暗自思忖,这是怎样的气氛啊?什么样的人才能走得进去?于是很快就想到了荆轲,想到了那首比荆轲还著名的《易水歌》。

但是我没有去作一幅人物画的念头,眼前的格局也规定不可以。这无疑是一幅山水,但必须有人,而且这人还得比得过这山这水这云!总之,与以往不同的是,这幅山水画里的人物不是点缀,而是四两拨千斤。如同两千年前一个刺客走进了庄严的《史记》。画面上看不见波涛,但我听得到易水奔腾咆哮。也没有岸,但可以想象画外岸上的燕太子丹、高渐离一干人皆是一身缟素,而我现在执意给荆轲披上了一件红色的斗篷,被风高高撩起。我也违背了《史记》的规定,让荆轲弃车乘舟,逆风而上——旨在表现一种侠气。而背景的山崖上绽放着杜鹃——那季节

风景曲折多动人，写生一本合不没画。丁丑冬月满斗心

或许没有杜鹃,这是我心中的杜鹃,更是英雄血。那如血的花或如花的血,与荆轲身上的这顶红色的斗篷形成了一种呼应,更是一种暗示——壮士一去兮不复还!这血,不仅属于荆轲,还属于为那场历史上伟大的刺杀而死去的其他人,比如那位以死守密的田光,比如那位舍生取义的樊於期。

这一夜我过得好兴奋,也好辛苦。

历史有时是诡异而可爱的。同样是一次对君王的行刺,专诸刺吴王,身死而功成,但我们似乎早已忘记了专诸,即使是京剧里的那折《鱼肠剑》,舞台的光环也完全被王僚占去——那是净行的拿手戏。戏中的专诸只是一个不折不扣的龙套。荆轲刺秦王,身死而事败,可我们至今依然以众多的艺术形式赞美荆轲。历史大都是成王败寇,但有时也不以成败论英雄。项羽败于刘邦,但我们怀念项羽。2000年到来前夕,我完成了我的一部重要作品——中篇小说《重瞳——霸王自叙》。无疑,我是在赞美项羽这一失败的英雄。窃以为,历史上喜爱项羽的只有两种人——文人和女人,李清照则是集于一身。"生当作人杰,死亦为鬼雄。至今思项羽,不肯过江东。"黄钟大吕般的二十个汉字回荡至今。说到底,我们至今缅怀的是一种精神,一种正义,一种血性,一种肝胆相照的侠气,一种慷慨赴死的豪迈,这便是高贵的英雄气,浩然长存天地间。

多年前看过一部叫作《英雄》的电影。那位自称"无名"的刺客,执行荆轲一样的使命,也近距离地接触到了他的刺杀目标——秦王嬴政,但在最后的关头却断然放弃了,并大言不惭地教导我们,放弃刺秦,是因为当今中国唯有秦王胸怀天下。因此,为了天下大一统,为了秦王如愿成为秦始皇,这位叫作"无名"的"英雄",宁愿丧生于秦军的乱箭之下——这是怎样的"英雄"?这又是怎样的逻辑?普天之下,哪个独裁者不是"胸怀天下"?那个瞬间,我感到巨大的银幕上优美飞动的万箭直奔我的心脏而来,我感到无比的耻辱,我做出

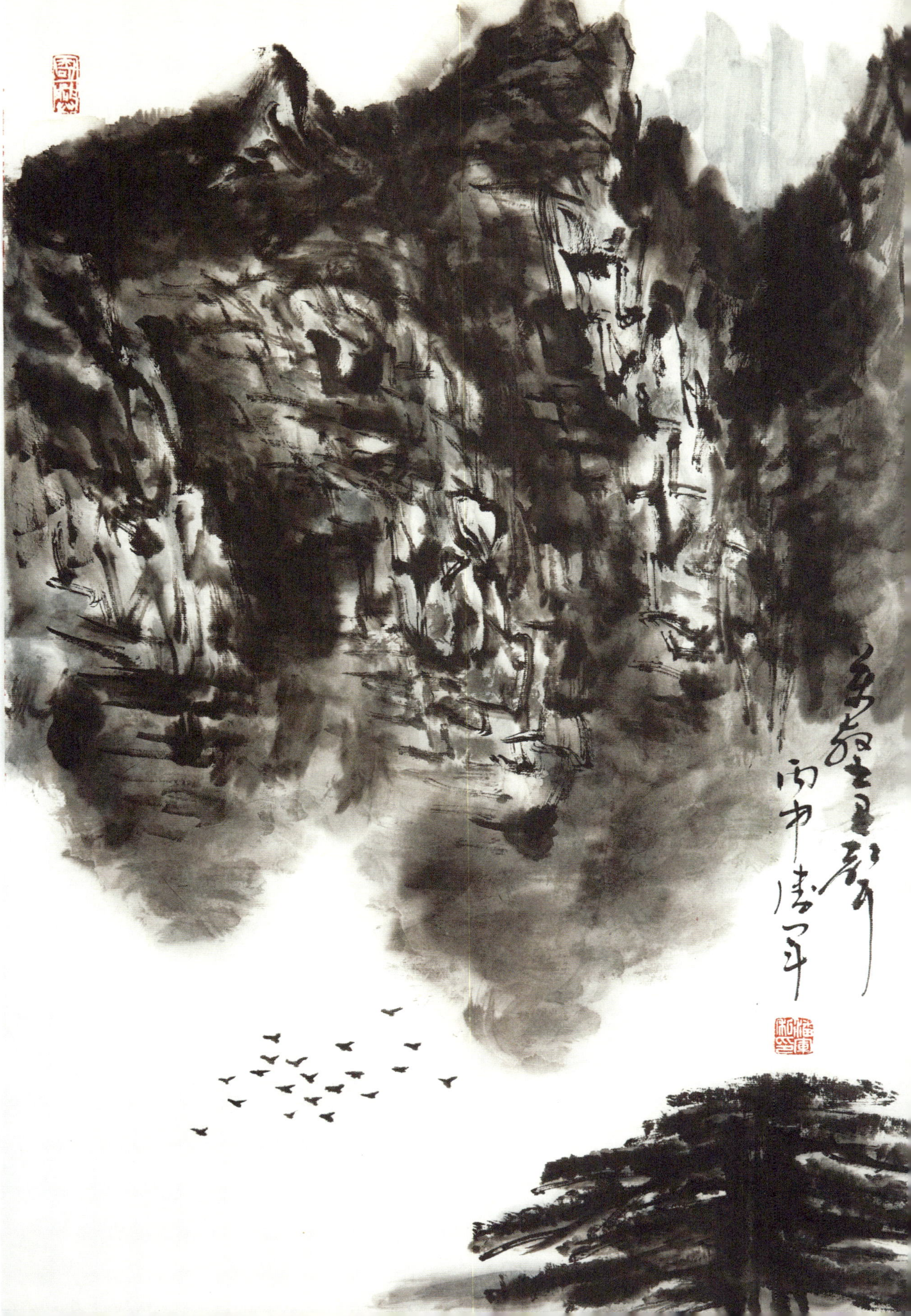

的选择只能是愤然离席而去。我拒绝一切赞美、粉饰封建暴君的东西,无论以多么花哨的手段。

故乡的这个晚上,冷得令人悚然。由江面刮来的风,自我窗口呼啸而过,让我再次想起了那首不朽的《易水歌》。我谨慎地完成了这幅画,并将《易水歌》的前两句题写于上,若隐若现。厚重的墨迹与干枯的笔触显得很有劲道。然后,盖上一方闲章"一蓑烟雨",最后将其命名为《燕赵悲歌》。

翌日,我把这张画贴到了"朋友圈",很快就有不少朋友点赞留言,其中一位来自北京的年轻人干脆直接抄录了清代陈维崧的那首《南乡子》作为回应——

秋色冷并刀,
一派酸风卷怒涛。
并马三河年少客,
粗豪,皂栎林中醉射雕。
残酒忆荆高,
燕赵悲歌事未消。
忆昨车声寒易水,
今朝,慷慨还过豫让桥。

2018年1月11日,于泊心堂

惊天一曲《广陵散》

> 初，康尝游于洛西，暮宿华阳亭，引琴而弹。夜分，忽有客诣之，称是古人，与康共谈音律，辞致清辨，因索琴弹之，而为《广陵散》，声调绝伦，遂以授康，仍誓不传人，亦不言其姓字。
>
> ——《晋书·嵇康传》

《晋书》这段描写，给嵇康与《广陵散》都罩上了一层神秘色彩。随后的《太平广记》又有离奇加工，把"古人"换作了幽灵。"广陵"是扬州的古称，"散"是操、引乐曲的意思，作为一支流传在古时广陵地区的琴曲，《广陵散》描述的是战国时期的刺客聂政行刺的故事。对此，司马迁《史记·刺客列传》和东汉蔡邕的《琴操》均有记载，但有所不同。《史记》所言聂政是为严仲子报仇行刺韩相侠累,《琴操》则改作其为父报仇而杀韩王。依《琴操》描述,当年聂父为韩王铸剑,逾期不能交,为韩王所杀。聂政立志替父报仇。因韩王好听古琴,遂进山拜师学艺,十年学成;为防止被人识破身份,再毁容貌——以漆涂面颊,用石头砸掉牙齿,甚至吞火炭把嗓子弄哑。之后,他潜入京城,每日在城门楼下弹琴,"观者如堵,马牛止听",很快为韩王获知,就宣他进宫献艺。聂政窃喜,藏匕首于琴腹。大殿之上,待韩王和群臣都沉醉于他的琴曲之际,突然拔出匕首,刺死韩王。大仇已报,聂政割下自己的眼皮、嘴唇、鼻子、耳朵,彻底毁容,自刎而死。

《广陵散》,又名《广陵止息》,中国音乐史上著名十大古琴曲之一。今存《广陵散》曲谱,最早见于明代朱权编印的《神奇秘谱》,全曲共有 45 个乐段,谱中有关于"刺韩""冲冠""发怒""报剑"等内容的分段小标题,所以古来琴曲家即把《广陵散》与《聂政刺侠累》看作是异名同曲。赵西尧等著《三国文化概览》描述则更为详细,《广陵散》全曲共分为开指、小序、大序、正声、乱声、后序六个部分。正声是乐曲的主体部分,相当于一出大戏的"重场戏",表现了聂政从悲痛到愤慨的感情发展,刻画了他不畏强暴、宁死不屈的复仇意志。我不懂古琴,但多年前有幸在北京长安剧场,听过古琴大师龚一演奏此曲。因知道《广陵散》的由来,故觉其声悲怆而激越,对烈士的景仰之情闻之油然而生。但那一刻,我想起的不是聂政,而是嵇康。我甚至认为,某种意义上,一曲《广陵散》是因嵇康而闻名天下。《晋书》载:

> 康将刑东市,太学生三千人请以为师,弗许。康顾视日影,索琴弹之,曰:"昔袁孝尼尝从吾学《广陵散》,吾每靳固之,《广陵散》于今绝矣!"时年四十。海内之士,莫不痛之。

在高高的断头台上，一个将死之人，看看太阳的影子，觉得离人头落地还要等上一时半刻，便索要一台琴，再为大众奏上一曲《广陵散》。日影斜，曲亦终，从容赴死，这是多大的气魄？！

嵇康，字叔夜，谯国铚县（今安徽省濉溪县）人。嵇康是曹魏宗室的女婿，娶曹操曾孙女长乐亭主为妻，也曾官至中散大夫，世称"嵇中散"。散官即有官名而无职事，但照样享受俸禄。所谓中散大夫，也就是对朝政发表一些建言和议论。但是，即使是这种闲差，嵇康也不想干，之后隐居不仕，屡拒为官。当然他的隐居与辞官，主要还是不满司马氏集团的统治，他的立场和感情依旧是坚定地站在曹魏一边的。嵇康是"竹林七贤"的代表人物，竹林七贤是指魏末晋初的七位名士：嵇康、阮籍、山涛、刘伶、阮咸、向秀、王戎。东晋孙盛《魏氏春秋》有载：

> 康寓居河内之山阳县（今河南省焦作市东），与之游者，未尝见其喜愠之色。与陈留阮籍，河内山涛，河内向秀，籍兄子咸，琅邪王戎，沛人刘伶相与友善，游于竹林，号为七贤。

陈寅恪先生不同意这种说法，认为，所谓的竹林其实是不存在的，是先有"七贤"而后有"竹林"。七贤出自《论语》"作者七人"的事数，有标榜之义。"竹林"之辞，源于西晋末年，佛教僧徒比附内典、外书的格义风气盛行，乃托天竺"竹林精舍"之名，加于七贤之上，遂成"竹林七贤"。但这一观点一直有争议，反对者认为，竹林是真实存在的，就位于嵇康山阳的寓所附近。还有人专门作过考察，说那一带确实有过竹子。不过，我倒觉得所谓的竹林，应该是自然山水的指代称谓，或者说"竹林"只存在于嵇康等七子的心中。作为当时玄学的

广陵散·2017年（46cm×69cm）

广陵散（局部）

七贤图

代表人物，七子中虽思想倾向有别，但某种程度上还是继承了老庄之学，作品仍具建安风骨，只不过对时政的抨击大多采取了隐晦迂回的手法，而其中能够直抒胸臆的，唯有嵇康。

在所谓"竹林七贤"中，我最喜爱和尊敬的人，就是嵇康。这也是我为什么在今天要作这幅画的理由。

第一，嵇康是一位江湖中人。他不满司马昭治下的政治局面，历来采取不合作的态度，拒绝入仕，宁愿在洛阳城外做一个铁匠。他鄙视乌烟瘴气的庙堂，在自己的"竹林"里活得潇洒。

第二，他是一位性情中人。身处浊世，但不颓废。他能寄情于自然，放浪形骸，打铁为生，工诗善文，琴瑟相伴。

第三，嵇康还是一位血性之人。所以，当他的朋友山涛向朝廷举荐他做官时，他深感受到侮辱，毅然写下《与山巨源绝交书》，以明心志。所以，行将就戮之际，还要弹上一曲《广陵散》！

大学时代就读过《与山巨源绝交书》，这篇嬉笑怒骂、酣畅淋漓的文章，一定程度上影响到我的人生观。如今再读，还是禁不住拍案叫绝，引为知音。尤其是其中著名的"七不堪""二不可"，宏论滔滔、一气呵成，不容对方置喙。

嵇康的笔下,展现了两种截然不同的人生道路。其一,是山涛企图把他拉上的官道——"嚣尘臭处,千变百伎""鸣声聒耳""不得妄动""官事鞅掌,机务缠其心,世故烦其虑";其二,是他自己开辟的歧路——"抱琴行吟,弋钓草野""游山泽,观鱼鸟"。两两相比,泾渭分明——"安能舍其所乐而从其所惧哉!"嵇康的回答是如此果决。但是嵇康没有想到,文中一句"非汤武而薄周孔",与其"越名教而任自然"的一贯主张相呼应,竟引来杀身之祸!司马氏集团是以所谓名教为统治工具的,嵇康这篇文章,等于是发表了和统治集团最后决裂的宣言,他们岂能容忍?

戊戌年春末的这个上午,看着眼前墨迹未干的嵇康,我很悲痛,也感欣慰。因为我从他的眉宇之间,看到那种"龙性谁能驯"的矜持与傲岸,窃以为,中国文人的狂狷应自嵇康始。嵇康死后,阮籍佯狂避世,刘伶、向秀、阮咸被迫入仕,而王戎、山涛之流则是卖身投靠了。一代骄子就此分崩离析,这才是令人心碎的"广陵绝响"!

《史记·刺客列传》描述聂政行刺成功之后再次毁容,是不想连累亲人。但这件事还是被姐姐聂荣获知,遂奔赴韩国都城,赶到陈尸现场,一眼辨出:这就是我的弟弟聂政啊!围观者大为惊讶,说这个人刺杀了宰相,君王正悬赏千金询查他的姓名,你怎么敢来认尸啊?聂荣大义凛然地回答:"我弟弟是士为知己者死,他毁容是不想连累我这个姐姐,但是,我怎么能因为害怕杀身之祸,永远埋没弟弟的英名呢?!"聂荣最终因过度哀伤而死在聂政身旁。

文天祥有诗:"万里风沙知己尽,谁人会得《广陵》音?"

2018年6月2日,于泊心堂

醉翁之意不在酒

宋仁宗庆历五年(1045年),欧阳修因支持韩琦、范仲淹、富弼等人推行的"庆历新政",加上莫名其妙"甥女案"牵连,落去朝职,再度被贬放到了安徽滁州,任太守。虽然远离朝廷,但"环滁皆山"的自然景色让欧阳修意外获得了一份安慰。所以他一到职,便在滁州实行宽简政治,发展生产,趁着风调雨顺,很快就让百姓过上了丰衣足食的日子。第二年,欧阳修便作出了不朽名篇《醉翁亭记》。能在如此短暂的时间里摆脱政治上失意的阴影和诽谤的困扰,寄情于山水,诗酒逍遥,并作出惊世之作,可见是老江湖。

欧阳修,字永叔,号醉翁、六一居士,汉族,吉州永丰(今江西省永丰县)人,北宋政治家、文学家,官至翰林学士、枢密副使、参知政事,谥号文忠,世称欧阳文忠公,与韩愈、柳宗元、苏轼、苏洵、苏辙、王安石、曾巩被世人称为"唐宋散文八大家",宋代的五位,都是他的门生。苏轼评价他说:"论大道似韩愈,论本似陆贽,记事似司马迁,诗赋似李白。"这样慷慨的评价堪称独一无二。

十年前,即宋仁宗景祐三年(1036年),欧阳修第一次被贬为峡州夷陵县令。在这一年初春,他作过一首《戏答元珍》:"春风疑不到天涯,二月山城未见花。"题目冠以"戏",即声明此作乃游戏之作,其实正是他受贬后政治上失意的掩饰之词。和这篇《醉翁亭记》不同,《戏答元珍》是借荒远山城的凄凉春景,抒发自己迁谪的寂寞情怀,看似超脱,实则悲凉,朴素无华的诗句下面埋着深沉的痛苦——"夜闻归雁生相思,病入新年感物华"。而《醉翁亭记》全篇都贯穿着一个"乐"字,醉翁之乐,但又是"醉翁之意不在酒,在乎山水之间也"的那种潇洒飘逸。谁曾想到,如此一篇惊世美文出自一个刚刚被贬的官员之手?这种寄情于山水的自我排遣方式,应是中国文人的传统,只不过欧阳修做得更纯粹一些,也更知名。

> 环滁皆山也。其西南诸峰,林壑尤美,望之蔚然而深秀者,琅琊也。山行六七里,渐闻水声潺潺而泻出于两峰之间者,酿泉也。峰回路转,有亭翼然临于泉上者,醉翁亭也。作亭者谁?山之僧智仙也。名之者谁?太守自谓也。太守与客来饮于此,饮少辄醉,而年又最高,故自号曰醉翁也。醉翁之意不在酒,在乎山水之间也。山水之乐,得之心而寓之酒也。

说来惭愧,作为皖人,我至今没有去过滁州,但和想象中的醉翁亭打过一回交道。这十年间,我的精力都花在了影视编导这行上。2014年拍电视剧《虎口拔牙》,其中一段重场戏,就放到了醉翁亭。原想赶到琅琊山看看这座著名的亭子,实景拍摄,但时间紧迫,容不得我这样安排。于是就只好让美工和置景在上海胜强影视基地找到了一座亭子,根据资料加以改变,倒也翼然挺立,

记得还照搬了一条楹联:

> 翁去八百载,醉乡犹在;
> 山行六七里,亭影不孤。

站在导演的角度,再回头看《醉翁亭记》,蓦然发现,开篇这一段"镜头感"极强——"环滁皆山也",无疑是一个全景的"摇";"其西南诸峰,林壑尤美,望之蔚然而深秀者,琅琊也",这又成了一个"推",镜头很快就逼近了琅琊山。"山行六七里,渐闻水声潺潺而泻出于两峰之间者,酿泉也。峰回路转,有亭翼然临于泉上者,醉翁亭也。"镜头跟进,泉水流淌,林深路曲,这才突显出醉翁亭来,像一只大鸟张开了巨翅!

我先后画过几张《醉翁亭记》,总想画出那种空灵与惬意。但是很奇怪,每回作画,总是情不自禁地想起欧阳修这个人。想到的却又不是他的文学成就,而是他的这次遭贬的戏剧性。范仲淹等推行的"庆历新政",十项改革,给大宋王朝带来的是一片生机,但也导致暗流涌动——裁减冗员、惩治腐败,不可避免地会触及既得利益者,也就必然会遭到保守派的反对。子曰"君子群而不党",而保守派就指责范仲淹等人是结党营私——"以国家爵禄为私惠,胶固朋党"(《资治通鉴》),欧阳修不平则鸣,奋笔疾书,写下著名的《朋党论》,理直气壮地申明:

> ……大凡君子与君子以同道为朋,小人与小人以同利为朋,此自然之理也。
>
> 然臣谓小人无朋,惟君子则有之。其故何哉?小人所好者禄利也,所

醉翁亭·2018年（44cm×69.5cm）

贪者财货也。当其同利之时,暂相党引以为朋者,伪也;及其见利而争先,或利尽而交疏,则反相贼害,虽其兄弟亲戚,不能自保。故臣谓小人无朋,其暂为朋者,伪也。君子则不然。所守者道义,所行者忠信,所惜者名节。以之修身,则同道而相益;以之事国,则同心而共济;终始如一,此君子之朋也。故为人君者,但当退小人之伪朋,用君子之真朋,则天下治矣。

痛快淋漓,荡气回肠,据说连宋仁宗看过也为之动容。但是,统治者通用的政治手腕是势力权衡,面对保守势力的恶浪滔天,即便是惜才有加的宋仁宗也只能做出不当裁决。不久,范仲淹、韩琦、富弼、杜衍等改革派还是被罢官。于是欧阳修又呈上《论杜衍范仲淹等罢政事状》,仍无济于事,为时两年的"庆历新政"宣告终结。

令人意外的是,所谓"朋党案"并没有让欧阳修被贬,给他致命一击的却是一桩难以洗刷的"甥女案"。甥女,现在称作外甥女,系欧阳修妹夫张龟正和前妻所生,张龟正死后,这孩子随继母来到汴京投靠舅舅。如此看来,这个甥女也还是间接的。多年后,欧阳修做主将长大成人的甥女嫁给自己的远房堂侄欧阳晟。哪知轻佻的张氏却与一名男仆勾搭成奸,东窗事发。这一奸情给欧阳修的政敌提供了报复的机会。开封府尹杨日严,因贪污渎职,曾遭到欧阳修的弹劾,一直怀恨在心,这种天赐良机岂能放过?于是威逼利诱,让张氏血口喷人,说自己年幼时就和舅舅有染。当朝宰相贾昌朝、陈执中,是庆历新政时期受到欧阳修猛烈抨击的守旧派人物,他们得之案情,更是如获至宝,便授意谏官钱明逸上书,弹劾欧阳修与甥女通奸,并找出欧阳修作的一阙《望江南》为佐证:

江南柳,

叶小未成荫。

人为丝轻那忍折,

莺嫌枝嫩不胜吟。

留着待春深。

十四五,

闲抱琵琶寻。

阶上簸钱阶下走,

恁时相见早留心。

何况到如今?

簸钱是古时孩子玩的一种游戏,钱明逸借题发挥,说这是艳词,说张氏初到你家,年方七岁,正是学簸钱的年纪。文字这种东西的麻烦,就在于解释的多种可能性,对此欧阳修也是有口难辩。虽然查无实据,但还是引起了宋仁宗的不悦,觉得有伤风化,欧阳修终于没有逃过一劫。可见自古绯闻就是一把刀。

欧阳修到了滁州,便呈上《滁州谢上表》,既为自己的冤屈申辩,同时也表示理解圣上一片苦心"若臣身不黜,则攻者不休",甚至认为这是圣上在保护他"使其脱风波而远去,避陷

青山訪友圖戊戌清明清軍心

阱之危机",最后自然不忘谢恩:"臣虽木石之心顽,实知君父之恩厚。敢不虔遵明训,上体宽仁,永坚不转之心,更励匪躬之节。"说欧阳修是老江湖,也就在这里。

《醉翁亭记》是欧阳修留给滁州最重要的文化遗产。此文初成,"天下莫不传诵,家至户到,当时为之纸贵"。清人俞樾评唐宋诸家,有"韩如海,柳如泉,欧如澜,苏如潮"之说,这篇《醉翁亭记》便是"欧文如澜"的最好注脚,它没有大海的辽阔,没有潮汐的汹涌,也没有山泉的温柔,但有起伏跌宕的洒脱与隽永!这正是欧阳修留给我的定格形象。

欧阳修晚年自号"六一居士":藏书一万卷,集录金石遗文一千卷,有琴一张,有棋一局,有酒一壶,再加上"吾一翁老"——"岂不为六一乎"?

这时的欧阳修倒是完全想开了。

2018年4月28日,于泊心堂

五君子图

　　自有倪瓒以来,后人只要以几棵树(或几竿竹)为画面主体,加之平远构图,都难免有模仿之嫌,好像这几棵树就是老倪家的私产,你动不得。明人董其昌、沈周,"清四僧",以及新安画派的查士标等,都在其类似画作上注明"拟倪瓒笔意"等。这很奇怪。中国画南北二宗,由唐宋的繁杂,到了"元四家"这里,实际上开始做了减法,画法疏简,格调天真幽淡,使得绘画具有抽象与空灵意味。这中间,倪瓒居功至伟。虽然赵孟頫对元代山水画的疏体模式具有开创意义,但最终还是由倪瓒实现了提高与突破。尝想,这大胆的减法是否与倪高士的洁癖有关?米开朗琪罗有句名言:把多余的部分去掉。倪瓒正是这样。显然,这一改变无疑是划时代的,一直影响到"清四僧"。石涛的书法题画,从精神到体式皆是以倪瓒为法;而弘仁则更加坦白,曾在画作题诗"迂翁笔墨予家宝,岁岁焚香供作师"。某种意义上,没有"元四家",就没有"清四僧",可以这么说，一部中国绘画史，有无倪瓒，是完全不一样的。这样的画家，是里程碑式的，当为大画家。而绝非如今那些在镜头前面摆样子高谈阔论，或者四下叫喊自己的画拍出了多少银子的角色。

就五六株树，在倪瓒笔下显得如此生机盎然，董其昌、沈周的就显得刻板。弘仁和查士标则更加过分——新安画派虽然作为山水画的一派，有其鲜明的个性，但我不是很喜欢——那种把山体方块线条化的处理，太刻意，不洒脱，也远离了山水画的性情。这或许就是弘仁永远落在八大和石涛之后的原因所在。八大的抽象是生动的，笔墨是有趣味的；石涛的随意同样是生动的，笔墨也同样有趣。借用明清大文人张岱一句话："天下之有意为好者，未必好；而古来之妙书妙画，皆以无心落笔，骤然得之。"这个"无心落笔"，并非指画家作画时胸无成竹，而是讲不能刻意；"骤然得之"，可能就是下意识间获得的那种意想不到的却又具有审美价值的效果，多少带有一点偶然性和运气成分。中国画使用材料是宣纸、毛笔和墨，纸有生宣、熟宣、半熟宣，受墨性能各异；笔有狼毫、羊毫、兼毫，用笔有轻重缓急，有中锋、侧锋、散锋，还有提按；墨有松烟、油烟，以及今天的新法制作，分干枯浓淡，加上水分的控制，是带有偶然性的。

君子圖 丁丑冬溥平心

当然我并非想讨论这个。我要说的,还是我自己的画。

这幅《五君子图》没有什么特指的含义,五根竹子——权当象征吧,竹下五个老者,悠闲自在,相见甚欢——我羡慕这样的生活。自我回故乡,就专门布置了一间茶室,经常会有朋友、同学来这里喝茶,也是谈笑风生。这种感觉在京城是没有的。于是就这么画下来了。一天,有朋友来访,看见这画便说:学倪迂呢。他大概是因倪瓒有《六君子图》才有了这样的联想。我挺纳闷,自我业余习画至今,看画不少,但从不临习,而倪云林的画也见得不多,总共不过二十来张吧。这画怎么就和倪瓒挨上边呢?

看来影响并不在于依样画瓢的亦步亦趋,心里的印记就是影响。仅从形式感上,这张画也可以看作"向倪瓒致敬"的产物。

倪瓒,1301年生于无锡。初名珽,字泰宇,后字元镇,号云林子、荆蛮民、幻霞子等。倪瓒家族为江南著名豪富,早年丧父,由兄抚养。四十岁以前的倪瓒,过着富裕而风雅的名士生活,对酒当歌,吟诗作画,调声律,游四方。其人也生得眉清目秀,且有洁癖——关于这一点,民间流传的段子很多。元顺帝至正初年,社会动荡,烽烟四起,连年的战争让倪瓒思想日趋消极,最终他做出了一个惊人之举:散尽家财,不隐不仕,浪迹江湖。"照夜风灯人独宿,打窗江雨鹤相依"——这该是他的写照。在"元四家"中,倪瓒在士大夫的心目中享誉极高。后人有这样的评价:"元代人才,虽不若赵宋之盛,而高士特著,高士之中,首推倪黄。"民间称倪瓒为倪高士,除了他的高超的学识与艺术成就,我想更在于他的气节。明初,朱元璋曾召倪瓒进京供职,他坚辞不赴,并以诗明志:"只傍清水不染尘。""吴王"张士诚的弟弟张士信出重金请他作画,被他严词拒绝:"倪瓒不能为王门画师!"后来竟因此遭受毒打,却毫不吭声,声称"一出声便俗"。所以,倪瓒的洁癖,不是癖好,而是气质。

戊戌冬月
阳平心

逆风·2018年(44.5cm×70cm)

后来我又专门找出《六君子图》的印刷品看了,查阅资料,才知那六株树,分别为松、柏、樟、楠、槐、榆,以这样的六种树比喻君子,自然有其象征意义。此画是典型的三段式平远构图,一水隔两岸——这是典型的倪瓒山水范式。画幅中自题一则,述作画经过。更有倪瓒好友——"倪黄"中的黄公望题诗:

远望云山隔秋水,

近看古木拥坡陀。

居然相对六君子,

正直特立无偏颇。

仅凭这首诗,就知倪黄二人真乃高山流水的知音,心生无限羡慕。

倪瓒以前画类似山水,其中是有人物作为点缀的。但这幅画不仅去掉了人物,连亭子也不要了,仅存树木萧瑟,寒烟清静。

曾有人问过倪瓒:怎么画面上无人?

倪瓒答:天地间安有人在!

同为诗人的他在一首散曲《折桂令》中这么感叹:"天地间不见一个英雄,不见一个豪杰。"这是怎样的心情?倪瓒的山水,是"真寂寞之境"——这是恽南田的话。他又说:"千山万山,无一笔是山;千水万水,无一笔是水。有处却是无,无处却是有。"这的确是倪瓒的心思。倪瓒有言"吾作画,逸笔草草,不求形似,聊抒胸中之逸气耳"。

逸气何在?正在这无边的真寂寞。

2009年,我在上海车墩影城拍电视剧《惊天阴谋》时,遇到这样一个细节——民国第一总理唐绍仪家中,要有一幅倪瓒的画。现场布置环境,美工一时找不到临摹品,就想以董其昌代替。我没答应,我告诉他:明代江南人以有无收藏倪瓒的画作为身份雅俗的标志,这是不可以代替的。即使是董其昌本人也是对倪云林顶礼膜拜有加呢。那个上午因此停工。

倪瓒画竹也极负盛名。他写竹,超乎形似,着重抒发"胸中逸气",我见过他自跋画竹的题句:"余之竹聊以写胸中逸气耳,岂复较其似与非,叶之繁与疏,枝之斜与直哉!"

我平时不怎么画竹子,也没有专门琢磨过竹的画法。以前见过郑板桥一类的竹,觉得过于秀气,而吴昌硕的竹说是具有金石气味、篆籀笔法,但无烟火气,太霸悍,不好看。也许潜意识地受到倪瓒这"写胸中逸气"的鼓励与激发,"无心落笔,骤然得之"。

这张《五君子图》,是我意外之作,挂在墙上,倒也不失几分安慰。

2018年1月28日,于泊心堂

纵然一夜风吹去
——司空曙诗意图

这幅画曾经发表于《诗歌月刊》，用于 2017 年 12 期的封底。这期刊物还选发了我的其他几幅画。我不是诗人，在几十年的写作生涯中，唯一发表的诗作，是有一年《山花》杂志开办一个《三叶草》栏目，主编何锐电话约稿，要求必须是小说、随笔、诗歌三样都有，于是就给逼出来了那么几首习作。记得其中有这么几句：

> 对诗的一见钟情今夜完成
> 肯定是迟了
> 烟过三支，诗过两首
> 错过的是与诗恋爱的季节

可见我是不自信的。2000年在北京开我的作品讨论会，令人尊敬的诗人牛汉先生第一个到场，他的发言上来就说："潘军其实是一个诗人，《重瞳》不是小说，是诗。"我知道这是牛先生对我的抬爱，但还是感到汗颜。《诗歌月刊》是安徽文联主办的刊物，去年岁末我回合肥，在一个朋友的饭局上，几家刊物向我约稿，其中就有《诗歌月刊》，我很意外，我说我是不能写诗的。他们说想发你的画呢。就这样拿去了几张画，很快就以"诗人的书画"名义，发于12期的封二、封三和封底，其中就有这幅《司空曙诗意图》。

司空曙的诗我读得很少，大学时代读过几首悲凉的，比如"雨中黄叶树，灯下白头人""他乡生白发，旧国见青山"（好像他对白头很迷恋），但能完整背诵的只是这首潇洒有趣的《江村即事》——

钓罢归来不系船，
江村月落正堪眠。
纵然一夜风吹去，
只在芦花浅水边。

司空曙，字文明，一作文初，广平（今河北省永年县东南）人。曾举进士，后入剑南节度使韦皋幕中任职，历任洛阳主簿、水部郎中、虞部郎中等职。为唐代宗大历年间"十大才子"之一。查阅资料，除司空曙，十才子中我只知道李端、卢纶、韩翃、钱起。

对这首《江村即事》，中唐时期的诗僧皎然《诗式》有点评，抄录如下：

首句以"罢钓"二字作主，则以下纯从"罢钓"着笔。顾"罢钓"以后，从钓罢归来不系舟,江村月落正堪眠。纵然一夜风吹去,只在芦花浅水边。

壬辰清河

司空曙诗意图·2015年（45.5cm×70cm）

司空曙诗意图（局部）

何处着笔？盖从钓船言，既已罢钓，正当系船，乃以"不系船"三字承之，则诗境翻空，出人意外。

……

凡做诗，意贵翻陈出新，如此首是。若于"不系船"三字，非着一"不"字，则"罢钓"以后，便系船矣，以下无论如何刻划，总落恒蹊，断难如此灵妙。

皎然的点评与诗一样高妙。

李可染先生曾经画过一幅《江村即事》，也是把全诗抄录于上，这似乎是"文人画"典型的一种范式。李先生很少画人物，但涉笔成趣。那幅画给我的印象很深，一直就想什么时候自己也画上一幅。另一个原因，是我喜欢画芦苇。我喜欢芦苇摇曳多姿和奔放的野性，于风中呼唤着自由。2009年我去河南巩义拍摄电视剧《河洛康家》，有一处外景地选在黄河滩，正是因为一大片荻花——我原以为荻花和芦花只是不同的叫法，其实二者还是略有区别，芦花是指禾本科植物芦苇的花，荻花则是禾本科植物芦竹的花。芦苇和芦竹究竟怎么个不同？我没有机会比较，感觉应该是锅贴和饺子的差异，但也有人说是可以混叫的，二者

芦汀私语·2017 年(31.5cm × 31.5cm)

在形态上实在看不出差别。然而诗文之中,一字的改变,往往会毁掉全篇,如同棋局中一着不慎,满盘皆输。谁敢把白居易"霜叶荻花秋瑟瑟"和司空曙"只在芦花浅水边",互换一下?

我的家乡是地处皖西南的安徽省怀宁县,县政府原先的所在是古镇石牌。镇子的外围就是皖河,属于长江的一条支脉。皖河两岸有很多茂密的芦苇,秋天的时候,开出的芦花一片苍茫,很好看。皖河是我们儿时经常玩耍的处所,游泳、钓鱼、摘芦花、挖野藕,少时多半的记忆都与这条河有关。我在长篇小说《日晕》和《独白与手势》中,都以浓墨重彩写到了这条河。每次回乡,我都选择从皖河大堤上驾车行驶,遇见涨水的季节,途中还会停下来四下看看,拍点照片作为岁月的纪念。

三年前作这幅画,是在北京寓所。其时刚刚从皖南看完电影《草桥的杏》的外景回来,原计划秋天开机,信誓旦旦。可是等我们前期筹备大致结束时,主演的明星出了问题,原先答应得非常痛快,说看了剧本就觉得是为自己量身定制的,说怎么怎么地感人,并叮嘱我剧本不要再给别人看了,她会全力以赴。现在经纪人却突然通知我,因为身体原因,这个戏接不了,只能忍痛割爱。我竟也相信了,可是不久,网上就爆出了这位明星接了一部几千万的大活,我这才如梦初醒。这样一来,投资方也就失去了信心,他们本指望依靠明星来拉动票房,如今明星突然变卦了,他们当然也只能跟着变。再加上,投资方本来就对文艺片缺乏信心,觉得会有票房的风险。我还能说什么呢?这部电影从剧本完成到现在,前后已达十年,如今再度搁浅。我想,凡事都是顺势而为,也就懒得操心了。而其他公司追着我拍电视剧,我又感到乏味,一一推掉了。那时就打定主意,今后专事书画。我曾经这么说过:书画最大的优势是拥有完全的独立性,不需要合作,不需要投资,不需要看人脸色,更不需要审查。上下五千年,中国的书画至今发达,究其原因,这是根本。

于是那个下午就想起了司空曙的《江村即事》,那是何等的潇洒!我有了作画的冲动,而且这回我不打算在画面里出现一个古人。

我羡慕笔下这位酣睡于船的老汉,他有好梦。而我没有。

2018年2月1日,于泊心堂

人面不知何处去

去年今日此门中，

人面桃花相映红。

人面不知何处去，

桃花依旧笑春风。

——崔护《题都城南庄》

唐代诗人崔护的这首《题都城南庄》，可谓家喻户晓。但对于崔护本人，现存的资料并不多。崔护，字殷功，唐代博陵(今河北省定州市)人，公元796年(贞元十二年)进士及第。公元829年(大和三年)为京兆尹，同年为御史大夫、广南节度使。《全唐诗》总共收录了他六首诗，其中以这首《题都城南庄》最为著名,可以说,崔护是一诗成名。民间由这首诗引发的野史传说经久不息,以至于我最初还以为崔护本人也是虚构。

这一故事出自唐代孟棨的《本事诗》,说崔护有一年清明独自游玩城南,突然渴了,想喝点什么,便擅自敲开一个庄户人家的门,就见一个妙龄女郎。崔护便上前搭讪,人家给他喝的,却羞涩不言,倚一树桃花而立。第二年清明崔郎再来,这回却只见门上一把锁,不见故人,怅然若有所失,于是就在人家门扉上题上了这首"人面桃花"。过几天,这崔护又来了,哪知姑娘的父亲劈头盖脸地就骂:"姓崔的,你杀死了我女儿!"一看,那姑娘果真直挺挺地躺在病榻上——那一日崔护刚离去,姑娘便回来了,看见门扉上的题诗,便害了相思,谁料一病不起。崔护万分悲痛,把姑娘的头枕到自己大腿上,连声哭喊:"我在这儿,我在这儿呀!"然后奇迹就发生了——那姑娘竟睁开双眸,苏醒过来!老父大喜,遂将女儿嫁于崔护。

"崔护觅浆"作为一个典型的才子佳人的故事,后来常作为戏曲的题材,被相继改编为《崔护谒浆》(元·白朴)、《桃花人面》(明·孟称舜)杂剧;到清代,又改为《人面桃花》杂剧。二十世纪二十年代初,欧阳予倩将其改编为比较完整的京剧《人面桃花》,一直演到现在。其他剧种,如评剧,都有移植改编。但是,作为绘画题材并不多见。在网上看过几幅,都是画崔护在门扉上题诗的情节,直白,毫无趣味。

多年前我曾画过一幅《人面桃花》,没有任何由头,偶然间想到了一个画面。我不想画崔护和姑娘搭讪或者题诗,选择的视角,是崔护的"主观视角"——他眼中的姑娘。那姑娘的状态有点像崔护笔下的柳树"睡脸寒未开,懒腰晴更软"。她身披一件黑丝绒的斗篷,手执一把团扇,"似醉烟景凝,如愁月露泫"。感觉带有些许的病态。画面上没有一枝桃花,但她手里却有把桃

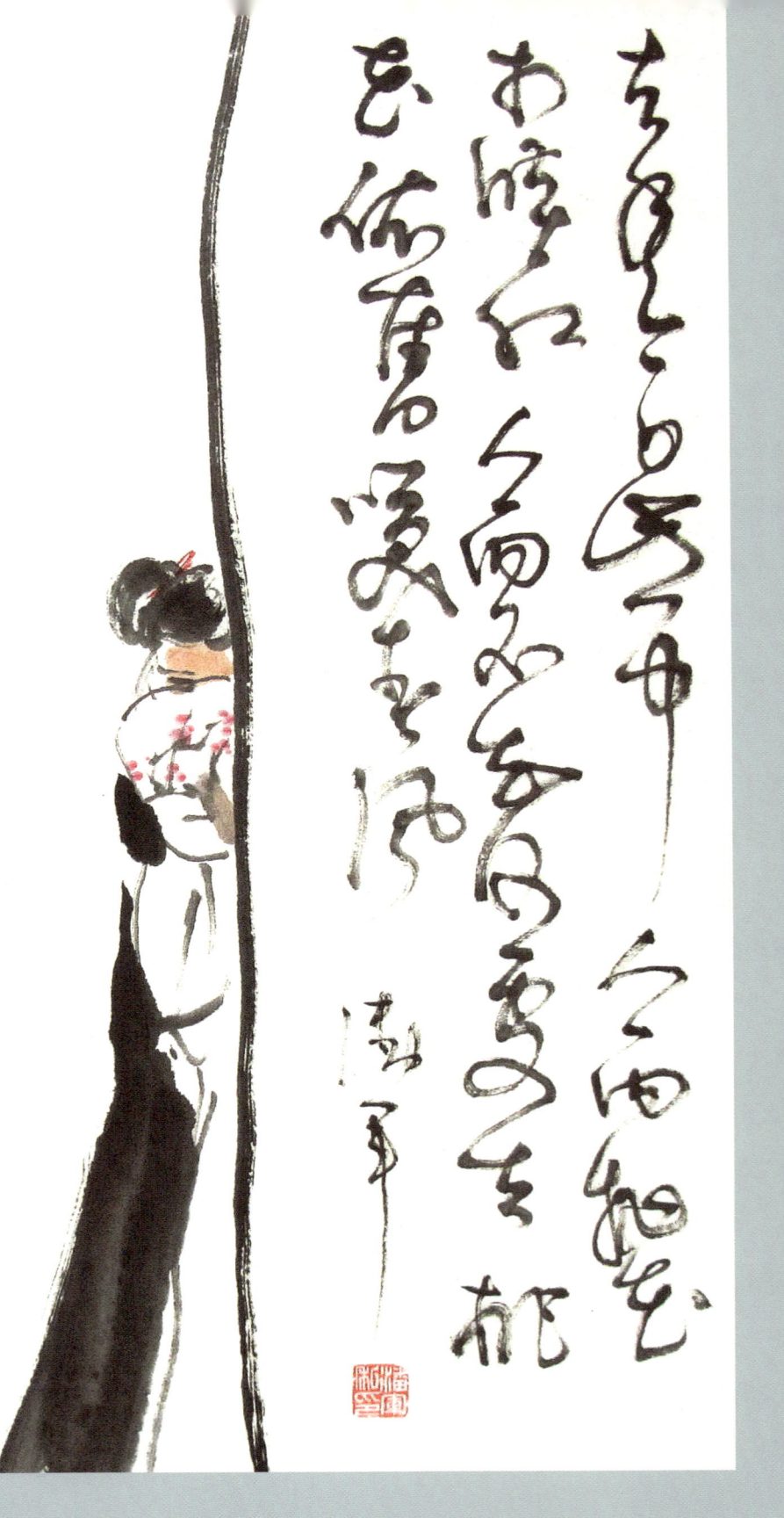

人面桃花之一·2013年（44cm×69cm）

花扇——半遮面容,却难掩羞涩。构图也很是大胆,竟用一根线将画面平分为二,一半是姑娘,一半是崔护的题诗(包括我的题款)。这幅"无心落笔,骤然得之"(张岱语)的即兴之作,让我心生几分得意,也受到了朋友们的一致好评。去年安徽文艺出版社出版《潘军小说典藏》,礼品盒上,就用了这幅画。

"人面桃花"是容易令人伤感的。前些日子看了电影《芳华》,其中的一些桥段对我而言并不新鲜,倒是结尾的那段旁白,让我有所触动。严歌苓说,她不想让观众看到他们这些人现在变老的样子,她想留住他们往昔的芳华。可是,芳华就可以留得住吗?

我回故乡后,参加过一次小学、中学同学的大聚会。自我1978年上大学离开家乡怀宁县石牌镇,同学也是各奔东西,彼此难以相见。有些同学已是长达四十年未见,见面竟叫不上名字!他们俨然把我当作名人,热情洋溢地对我说,某年某月在电视上看见过我,在报纸上看过我,在书店里看过我,却不知那一刻,我陡然有些心酸。

我自觉不是一个怀旧的人,可是那一天里却不禁想起诸多往事。尤其记得,十二岁那年的夏天,当时县城两派正闹武斗,一个雨夜,我送班上一个女

人面桃花之二·2017 年(31.5cm × 31.5cm)

守得莲花结伴游·2017 年(31.5cm × 31.5cm)

生回家。我们共同撑着一把油布雨伞,走在县城老街能映出身影的石板路上。我们的伞压得很低,生怕让熟人看见。那一刻我的心跳加快,而且乱,一种难堪的害羞居然就袭上了心头——这算是初恋的源头吗?那个瞬间我想到,十年之后,如果我们还能有缘聚在一把伞下,我一定要将手里的这把伞骄傲地高高举起!然而几年后,我们都成了下乡插队的知青,去了不同的村落,从此"人面不知何处去"。这个细节,三十年后让我写进了长篇小说《独白与手势》的第一部《白》。

是的,白色,那便是我的芳华。

如今再画这幅《人面桃花》,感觉已经失去了那种美好的冲动,只能算作一次缅怀。

2018年2月6日,于泊心堂

关于《重瞳》的一些话

在我十八年的小说写作生涯中，只有这部《重瞳》是个例外，一下写到了两千多年前。这部小说早在五年前我就想写了，记得当时从海口路过广州，一个晚上我和田瑛一起散步，他问起我的创作近况，我告诉他，我想写项羽，用第一人称写。他立刻就说，好，你快把它写出来，能写成个长篇吗？我说不过是有这么个想法，还没深想呢。田瑛便又说了句：这个题材也只有你写合适。这句话让我有些震动，便想起不久前鲁枢元在评论《风》的文章里说过：潘军的身上有一股塞上军旅的霸气。两位朋友的话使我这个刚萌生的写作念头变得强烈，似乎马上就想把《史记》找出来重读，开笔就来。

不久，我离开海口去了中原的郑州。这里正是当年楚汉相争的古战场，听一位朋友说，位于荥阳境内的那条著名的鸿沟还在，那儿还立着一尊乌骓马仰天长嘶的塑像呢。我们本来约好要去看看的，结果却因手头的一堆杂事一

霸王别姬·2015年（34cm×50cm）

霸王别姬(局部)

搁再搁,终于没有成行。那个时期正是我这一生最背时的日子,我陷入进退两难的境地,离四面楚歌仅一步之遥,差点就彻底栽了。尽管日子不顺,我的内心还不至于过分焦虑。我仍然在想着项羽,因为我很喜欢这位中国古代的将军,而且第一人称的叙事总能让我产生写作的欲望与冲动。于是便找来了《史记》和《汉书》,两两比较,我还是喜欢司马迁。但我还是很踌躇,觉得故事新编的做法意思不大,怎么写和写些什么同时提到了面前,而我一筹莫展。

又过了几日,我分别写出了三个开头,拿给朋友看了,自己其实并不满意。我想这件事还真是急不得的,得悠着点。谁料这一"悠"就是五年。

去年的夏末,我写完长篇三部曲《独白与手势》的第二部《蓝》,总感觉这一口气还噎着,如鲠在喉地不舒服,就再次把《史记·项羽本纪》翻出来,认真读了几遍,忽然意识到自己可能找到了想要的叙事方式。

我选择第一人称叙事,实际上也就是让死人说话,让项羽的亡灵说话。而既然是亡灵,他的视野就应该是无限的,如同传说中的"重瞳"。确定这一点十分重要,它意味着这部小说具备了一种特殊的叙事形式。同时这种叙事上的策略意外地使我对把握这个题材豁然开朗。这样我就可以完全抛开史籍对这一题材的规定性,天马行空。现在,我可以按照我的想象与思考来进行我的写作了。

> 我要讲的自然是我自己的故事。我叫项羽。这个名字怎么看都像个诗人,其实我早就觉得自己是个诗人了,但没有人相信。而民间流传的那首"力拔山兮"又不是我的作品——我不喜欢这种浮夸雕琢的文字。

开篇我就这么写道,我心中的项羽应该是这样的——

我不是奇人。我不是你们印象里的那个"力能扛鼎"的大力士,我的身高也没有八尺,非但不是,我自觉修长而挺拔的身材还散发着几分文气。

这个定位无疑具有对历史的叛逆性,这正是我所需要的。但是对于这个家喻户晓的故事,企图做一次彻底的颠覆实际上已不可能。我无法改变历史中的事件、人物,如同我不能忽视时间和地点,但是我可以对它进行重新的解读。我的责任是寻找另外的可能性。这应该是我写这部小说最为重要的支点。

事实上,司马迁的《项羽本纪》是具有重新解读的性质的。最典型的莫过于"鸿门宴",围绕着项羽预谋杀刘邦写得绘声绘色,但仔细一推敲,就觉得每个环节都很可疑,整个在鸿门宴上陆续登场的人物在太史公笔下都是那么生动,唯有项羽仿佛成了多余的人,苍白无力,这不能不让我困惑。我甚至怀疑太史公限于当时的某种障碍而故意为之,连起码的逻辑都显得如此混乱,以至于最后让刘邦不明不白地回到了霸上。再看"乌江自刎"的安排,正如我在《重瞳》中写到的那样,怎么恰巧在西楚霸王走投无路之际,会出现那一叶轻舟呢?如此这些,都成了我的可乘之机。我觉得,我已经有把握写这部小说了。在小说写过三千字后,我决定增加一个副题——霸王自叙。我要求项羽作为当事人出来说话,要求这个死去两千多年的亡灵出来把司马迁语焉不详,或者说得不妥的地方说个明白。甚至咬文嚼字,譬如对项羽祖父项燕的死,司马迁写道"为秦将王翦所戮",便遭到"我"的驳斥——

关于这一点,太史公说得不对,甚至非常错误。我祖父项燕并非死于秦将王翦的枪下,他是饮剑自尽的,虽说都是一个死,但之于军人,自裁

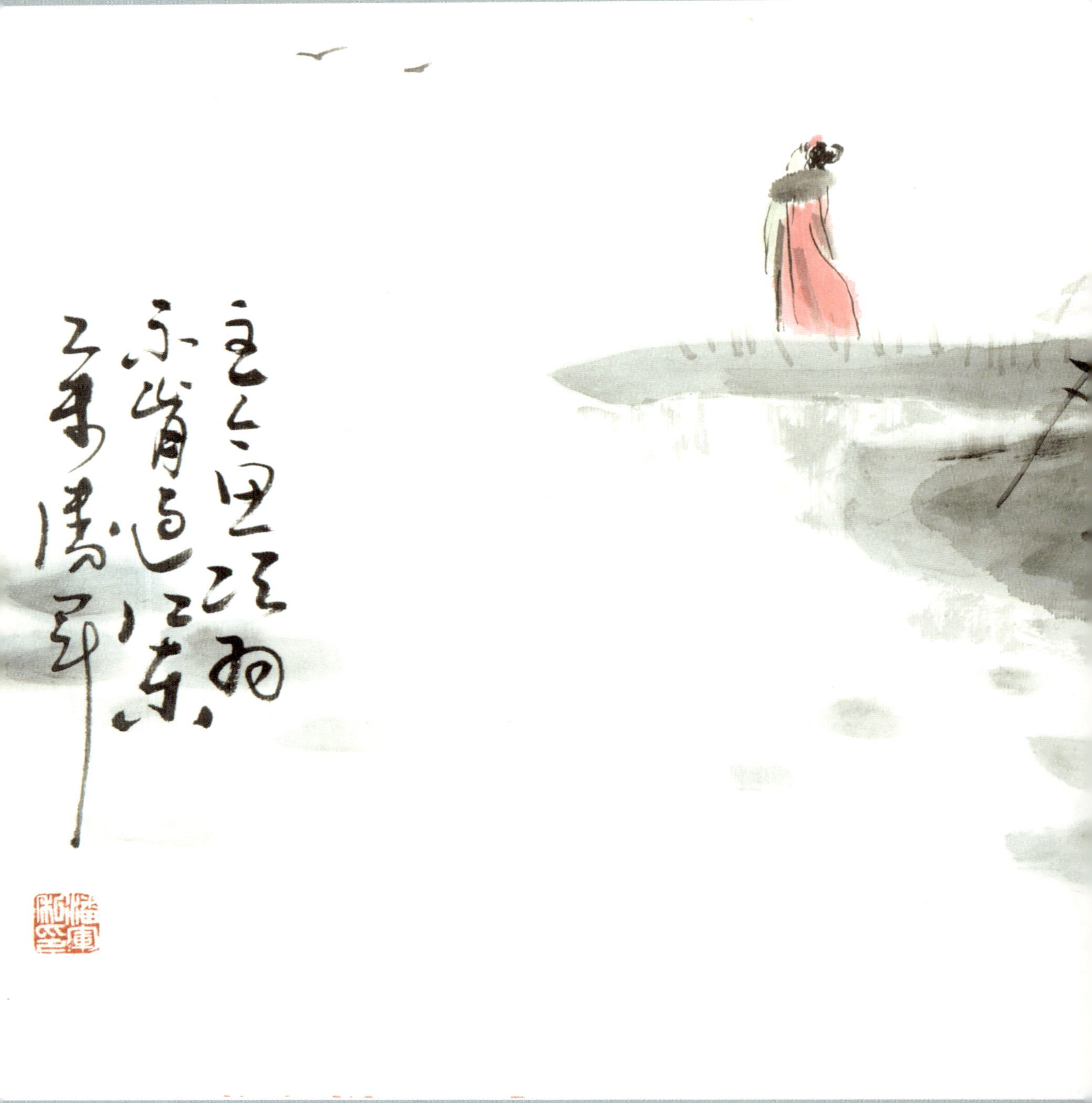

至今思項羽
不肯過江東

李清照诗意·2015 年(34cm × 69.5cm)

无疑是光荣的。

接下来我又强调道——

这个细节我之所以喋喋不休,是因为太重要了。它不仅仅是关乎我项家的荣誉名声,更重要的是它预示着宿命。很多年后,某种意义上讲我的归宿实际上也是对我祖父的一次公开模仿。

作为小说家,我更关心的是这种借题发挥。

重新解读与借题发挥是这部小说的两条路,但又是殊途同归。一方面,我需要对史籍中所提供的材料认真咀嚼,从中寻求新的可能性。从现在的作品看,《项羽本纪》里提到的事基本上没有遗漏,但已完全不同了。最典型的是写项羽的几次杀人——杀会稽太守是受了叔叔项梁的唆使;杀宋义是为了救赵,以维护一个军人的尊严;杀王离是骄横;杀李由则是成全。在写到坑埋章邯带来投诚的二十万秦卒时,我犯难了。显然,我是喜欢这个项羽的,我的愿望是塑造出一个血管里流淌着贵族血液的,且具有诗人气质的军人,一个对世界富有天真烂漫情怀、只爱美人不爱江山的男人,一个厌倦连天征战的性情中人。"生当作人杰,死亦为鬼雄",李易安的这句感叹多少年前就是我的心声,可是,坑埋二十万秦卒又是无可辩驳的事实啊!一时过不了心理这一关,想了几天之后,意识最后锁定的是权力和人性的关系。权力会使一个高贵的人沦为下流,我不能回避项羽的残暴。但是与此同时,我写了章邯的忏悔,以这样一种暧昧又无法证实的手段了结此事。另一方面,我的思绪完全撇开了历史的局限,把一切在我看来都可以引入的东西全部写进了小说。这是一种幻想,也是一种超现实,更多的是一种心理的真实。以至于在小说发表后,一位朋友给我来信说:"这个项羽不是死了两千多年的古人,而是我们中间的一个,昨天才刚刚告别人间。"

这是我想要的。所以某种意义上,我不同意把《重瞳》看作"历史小说"。

2000年第一期的《花城》杂志,以头条位置发表了中篇小说《重瞳——霸王自叙》。随后,《小说选刊》和《小说月报》相继转载,一时洛阳纸贵。我曾经在报纸上看到过一篇关于《重瞳》的评论,不长,却很对我的胃口。那篇文章的标题叫《云霄之上的浪漫主义》。这是不错的。我的确想把这部小说写得洒脱一些、浪漫一些,我希望在刀光剑影之中看到一些脉脉温情。我喜欢那种举重若轻的感觉,于是我安排了项羽的吹箫与寻剑,安排了项羽在乌江之畔与虞姬的一见钟情,安排了遥远的楚歌与千里之外那一块绿色的对应,也安排了最后那样的结尾——

第二年春天,这块地方开出了一片不知名的红花。有一天,一个老人领着他的小孙女到这儿散步。那孩子就问:爷爷,这些漂亮的花儿有名字吗?

老人思忖了片刻,说:有。它叫虞美人。

关于《重瞳》,我已经在小说里说够了。就我个人的写作经验而言,迄今为止,还没有一篇东西在写作中能像这样让我感到舒畅。

2000年2月27日,于合肥寓所

《天仙配》和《女驸马》

作为地方戏的黄梅戏,其影响源自三个因素:其一是拥有代表剧目《天仙配》和《女驸马》;其二是严凤英、王少舫二位先生的精妙演出;其三,是黄梅戏音乐的旋律,有民歌的优美,很亲切,上口易学。随着二十世纪五十年代这两出戏搬上银幕,黄梅戏的影响就由安徽扩散到了全国。

这两出戏我看过不知多少回,其中大半是我母亲潘根荣主演的。我出身于一个普通的梨园世家,外祖父潘由之是黄梅戏前辈艺人,与郑绍周、丁老六以及后来的严凤英(当时叫"鸿六")都搭过班子。我母亲没有什么文化,但天资聪颖。她九岁登台,艺名就是"小由之"。外祖父的故里,是怀宁县江镇乡一个叫作罐子窑的村子,距县城石牌大约十华里。我在长篇小说《风》、中篇小说《夏季传说》等小说里,都写到这个地方,当然只是一种创作上的借代。过去罐子窑几乎家家都有制陶的农民,外祖父也有这门手艺,不知怎么就喜欢上了唱戏,后来索性就走起江湖,吃开口饭了,还取了这么一个雅致潇洒的名号。1956年,县政府把散落在民间的几个主要的戏班子拢起来,成立了怀宁县黄梅戏剧团,还是国营性质。于是外祖父和我母亲成为剧团第一批演员。几年后,母亲就成了台柱,当家花旦。认识我母亲的前辈时常会对我感叹:如果不是受你父亲右派问题影响,你母亲会有更好的前途的。

我打小就是在戏园子里长大的,每天晚上,外祖母都会抱着我去看戏,印象深的就是《天仙配》和《女驸马》。我看这两出戏,分为两个时期。其一,是1966年"文革"之前;其二,是在1976年粉碎"四人帮"之后。相距十年。第一个时期,我还是个儿童,只能看个热闹,看不出好坏。1978年上大学之后,各地已经恢复古装戏的演出,我才对这两出戏有了自己的判断。

《天仙配》和《女驸马》,都属于由老戏折子整理改编而成的新剧目,这样的剧目,大都带有反封建、反压迫的政治色彩,与京剧《白蛇传》《李慧娘》等,是一样的路数。这是那个时代的特征。就戏本身而言,《女驸马》在剧作结构上更像一个大戏,《天仙配》则有前后拉拽之嫌(后来知道事实也是如此)。但《天仙配》中的"路遇"一折,却做得相当好。后面的"满工"也还过得去。就一部大戏而论,剧作尚显得单薄。但旋律优美,一曲《树上的鸟儿成双对》唱遍了全国,唱到了海外。这出戏的名气与地位便毋庸置疑。

我母亲的唱腔是极好的,她的音色淳朴,也亮脆。有一回我陪好友吴琼去拜访她的老师时白林(《天仙配》的作曲)、丁俊美夫妇。他们也是我的父辈,是我父母的朋友。时先生当面赞扬我母亲的唱腔和表演。丁老师对吴琼说,你去找潘军妈妈的唱腔听,那叫一个地道。安庆是黄梅戏的发祥地,其中怀宁的"怀腔"后来成为黄梅戏音乐重要组成部分。怀宁县城所在地石牌镇,有清一代,名优辈出,如程长庚、夏月润、夏月珊、杨月楼、杨小楼,都是石牌这一带

天仙配·路遇·2015 年（35cm × 46cm）

人。故中国戏曲史上有"无石(牌)不成班"一说。二百多年前名动京师的四大徽班进京,挑大梁的不少是安庆人。只可惜我母亲的唱腔现在一份也找不到了!我对母亲演出《天仙配》的印象,是她一旦扮上,就感觉十分鲜活,光彩照人!我看过一份资料,1960年夏天,严凤英来怀宁,对我母亲的《天仙配》进行了精心的指导,还亲手为母亲化妆,说:"花旦扮演的是女青年,眉毛要画短些,这样才显得年轻,有生气,有神气。"

我母亲于2004年8月病故,十年后的母亲节这天,我在北京寓所里画下了一幅《路遇》,眼前浮现的却是从前如泣如诉的岁月。那一天,北京的天气和我的心情一样灰暗。

母亲演的《女驸马》更为动人。尤其是反串之后的"状元府",那叫一个潇洒!而"洞房"一场的那段大唱,总是满堂彩。很多年以后,我在写《独白与手势》的时候,想到了母亲在"文革"中挨批斗的情形。那是1966年的夏天,当时母亲正怀着二妹妹,挺着大肚子从容走上台,自己戴上"三名三高分子"的牌子,站在高凳子上,面色平静,目光很亮。我害羞地躲在剧场的一根柱子后面,替母亲担忧。后来母亲说,那时候她最担心的是自己站不稳,如果跌下来,肚子里的孩子肯定就保不住了。我有时想,母亲骨子里这种执拗倔强的性格,应该与她在舞台上塑造的角色性格有关。

《女驸马》蓝本来自黄梅戏传统老戏《双救主》,改编者是我的父辈王兆乾,我喊他王伯伯。五十年代王伯伯与我父亲合作过黄梅戏《金狮子》,父亲编剧,他是作曲。在父辈中,王伯伯绝对是首屈一指的才子,能写剧本,能作曲,写过一本《黄梅戏音乐》,人也英俊洒脱,还与严凤英有过一场轰轰烈烈的恋爱。2001年,我在合肥家中与父母一起接待王伯伯,言谈中,我建议他写一部回忆录,他有些迟疑,神情也显得些许忧伤,感叹道:过去的事不想再提了。不

女驸马·洞房·2015年(35cm×45cm)

料,这竟是我和王伯伯最后一次见面,五年后他因病离世,享年七十八岁。

2014年7月7日凌晨,我在上海杀青了电视剧《虎口拔牙》,翌日即返回北京。没想到很快就接到了好友王伟东和大妹潘虹的电话,说父亲再次住院了,而且这回感觉病情很重。我便马不停蹄地赶回了安庆。当我在重症监护室见到父亲第一眼时,就有了一种不祥的预感,遂召回了远在洛杉矶的两个妹妹潘莉、潘微,当时女儿潘萌正好在国内。我们陪伴父亲走完生命中最后的十八天,7月26日,父亲平静地告别了这个世界。守灵之夜,我为父亲写了一副挽联——

凭雷姓氏,偏遭惊雷,梨园一夜无锦瑟;
以风命名,终遇春风,梅开二度有佳音。

父亲叫雷风,生于安徽巢湖,原是安徽大学外文系的学生,1949年安庆解放即投身教育,后与黄梅戏结缘,成为那一代年轻有为的剧作家。当年的《金狮子》获得了很多奖项,至今还被老人们记得;后来又写了《杨月楼》,剧本发表于《剧本》月刊(增刊)。在整理父亲遗物时,女儿潘萌带走了她爷爷的几个剧本和几封信札。料理完后事,我回到北京。有天晚上,我和潘萌一边做饭一边交谈,她说爷爷的唱词写得相当不错,可以看出他的古典诗词基础厚实。事实也是如此,父亲八十岁还能背诵《琵琶行》呢。然后,潘萌就生出了一个念头:能否把《女驸马》重写一遍?

这很对我心思。于是我们爷俩就开始策划,比如说把反封建、反压迫的意思过滤掉,增强戏的情趣。比如上来就是女扮男装的冯素贞进京寻夫,巧遇同样也是女扮男装的公主——这天她是出来玩的,嫌宫中太闷。结果,这两个

"男人"就在皇城根下相遇了。救夫心切的冯素贞,是想找人疏通关系;而公主对冯素贞则是一见钟情,她是来择婿的。寻夫与择婿就成了两个人接近的动机。接下来,公主要冯素贞考状元,因为只有这样,才可能进入父皇的法眼,可是冯素贞一点准备也没有啊!于是,公主就通过刘大人(可以把他写成皇舅)帮忙,窃了题,让冯素贞作弊当上了状元——女孩子作弊难道不可爱吗?

那一夜我们谈得很欢。潘萌说,还是由她先来写个中篇小说,再交给我改成剧本,当然还是黄梅戏。

最后的结局呢?我这样问潘萌。

潘萌想了想,说,不妨让两个女孩再次女扮男装,云游四方得了。她们没必要再为男人操心,要的是和男人一样的潇洒自由。

这个结局很好。人生或许本该就是这样,自由肯定好过爱情。

几年过去,潘萌已经在洛杉矶定居,前些日子我在微信上问她:《新女驸马》写得怎样了?

她先发我一个"尴尬"的表情,再回复说已经有了一个不错的开头,就一句话——冯素珍在等一个人。

2017年12月9日,于泊心堂

故乡的《十五贯》

1977年,各地剧团陆续恢复上演古装戏。我母亲所在的怀宁县黄梅戏剧团,首演的剧目是根据昆曲移植而来的《十五贯》。剧中的三位主角,分别是詹仰(饰况钟)、潘绪满(饰娄阿鼠)和我母亲潘根荣(饰苏戌娟)。其时他们刚进中年,观众的主体也大都年纪相仿,对于古装戏,他们实在是期待已久,所以海报一经发布,连日的戏票即告售罄,可谓久旱逢甘雨。

这是我第一次明白地听见母亲在舞台上念韵白,出场幕后一声"来了——",台下便是掌声一片。但我还是不大习惯这种湖广音、中州韵。母亲从前演古装戏的时候,我不过是八九岁的孩子,看戏等于看热闹,哪懂得什么韵白?一转眼,过去了十多年!这十多年间剧团演的都是那几出革命样板戏,跟所谓的韵白扯不上关系。

《十五贯》的演出十分轰动,尤其是《访鼠测字》那场,两位演员的表演可

十五贯·2015 年(35cm × 46cm)

十五贯(局部)

谓精妙绝伦,至今让我难以忘怀。我后来从网上看过最早的昆曲戏曲片,浙江昆苏剧团1956年首演时的阵容,周传瑛饰演况钟,王传淞饰娄阿鼠;前些日子又看了天津京剧院张克和石晓亮的联袂演出,总感觉没有故乡的舞台亲切。

《十五贯》的故事蓝本始见于宋代话本《错斩崔宁》,至清代,由剧作家朱素臣改作《十五贯》传奇剧本,又名《双熊梦》。浙江昆苏剧团的首演剧本据此再度改编,并参考冯梦龙《醒世恒言》中《十五贯戏言成巧祸》,删除了"况钟托梦"等离奇情节,着重刻画了况钟、周枕、过于执对案件的不同态度。剧情如下:

屠户尤葫芦为生意借得本钱十五贯,酒后对女儿苏戌娟戏言,这是她的卖身钱,女儿信以为真,当夜逃走。赌徒娄阿鼠见财起意,溜进尤家盗走十五贯钱并杀死尤葫芦。苏戌娟出逃途中邂逅客商熊友兰,熊的身上正巧带钱十五贯,于是两人被疑有奸情,谋财害命,扭送县衙。知县过于执听信诬告,遂判苏、熊二人死刑。苏州知府况钟觉得内中有冤,力争缓斩。几经调查,发现破绽,继而乔装成算命先生,套出娄阿鼠杀人的口供,最后真凶伏法,冤者昭雪。

诞生于明嘉靖年间的昆曲至今已有六百多年历史,与古希腊戏剧、印度梵剧并称为"世界戏剧的三大源头",也可以视为中国戏曲的"百戏之祖"。在我印象里,昆曲这种形式,历来承载的是阳春白雪、曲高和寡的才子佳人戏,唱词雕琢,唱腔委婉。《十五贯》却不是这样,仅就剧情而言便感觉格格不入。这个戏后来的轰动,在于惊动了当时的政治最高层。

为此我查阅了资料:1956年4月,《十五贯》进京演出。4月17日,毛泽东在中南海怀仁堂观看演出,大加赞赏。翌日便派人传达三条指示:第一,祝贺改编和演出成功;第二,要推广,凡适合演出的,都可以根据各剧种的特点演出;第三,对剧团要奖励。4月25日,毛泽东再次亲临观看此剧。周恩来也于4月19日观看了演出并接见全体演职员,说:"你们浙江做了一件好事,一出戏救活了一个剧种。"5月17日,文化部和中国戏剧家协会联合邀请首都文化界知名人士200多人,在中南海紫光阁举行昆曲《十五贯》座谈会。周恩来出席座谈会并做了长篇讲话,盛赞《十五贯》是"改编古典剧本的成功典型",是"百花齐放,推陈出新"的榜样。第二天,《人民日报》发表了由田汉执笔的社论——《从"一出戏救活了一个剧种"谈起》,把昆曲《十五贯》推到了舆论的极点。《十五贯》在北京公演47场,观众达7万人次。与此同时,各地的不同剧种的剧团,也在纷纷移植该剧。

在我印象中,最高领导人如此关注并褒奖一出戏,尚属首次。与之前对《武训传》的批判以及之后对《海瑞罢官》的围剿,情形完全不同,南辕北辙。官方之所以重视,是因为这出戏突出了反对官僚主义,宣传了实事求是的精神。不过,作为一名普通观众,《十五贯》带给我的却是一份情趣。

戏曲的主要魅力在于唱念做打,唱是第一位的,但这出戏的"念",让人印象深刻。《访鼠测字》一折,况钟假冒观枚测字的算命先生,与娄阿鼠的那段对白,令人称绝。娄阿鼠报出一个"鼠"字,况钟便问为何事而占。

鼠:官司。

况:鼠乃一十四画,数遇成双,乃属阴爻,况鼠,又属阴类,阴中之阴,乃幽晦之象。若是占官司,一时还明白不了。

鼠:是不大明白。

况:你是自占,还是代占?

鼠:代占,代占。

况：依数看来，只怕不是代占。

鼠：何以见得？

况：鼠乃十二生肖之首，岂不是肇祸之端？

(鼠惊呆)

况：好像是窃取了什么财物……

鼠：偷东西您也看得出？

况：鼠性善于偷窃，所以如此断来，受害的那一家，可是姓尤？

鼠：(大惊失色)这您是怎么晓得的？

况：老鼠最喜偷油。故而晓得。

鼠：您不是算命先生，您简直就是活神仙啊！

怀宁剧团每回只要演到这里，台下必定是掌声雷动。只可惜，饰演娄阿鼠的潘绪满伯伯，这出戏演过没几年，四十多岁就因病离开了人世。他临走的前夕，其时我已经上了大学，暑假回来，随母亲前去他家探望。他已经是形容枯槁，靠在床头，沉重地对我说："我和你母亲这一生，是经济上的摇钱树，政治上的活靶子。"这句话我至今记得！便想起"文革"期间，他被打成坏分子挂牌游街、打扫厕所的场面，很是心酸。扮演况钟的詹仰还健在，前几年我去石牌镇(原怀宁县政府所在地)做调研，召开了一个座谈会，见到詹先生。谈起怀宁剧团故去的同事，年迈的他还是不禁老泪纵横。那一天，我还独自去了县剧团的旧址，1957年的秋天，我就是在此出生的。我曾经写过一篇文章《我的"戏园子"》，记录了我儿时短暂的欢乐时光。但是我的"戏园子"多年前已经毁于一场莫名的大火，呈现在我的眼前只是一片废墟，长满了野草。我当然不会忘记，失火的第二天，一早，我就陪同已经离开舞台的母亲赶到现场，母亲一到便情不自禁地号啕大哭——我从来没有见过母亲如此悲伤,仿佛天塌。

我在《独白与手势》第一部中有这样的描写——

> 这把天火烧掉了我的摇篮。我是在戏园子长大的。我帮助过这个剧团画过许许多多的布景。我父亲创作的剧目,最初是在这个舞台上立起来的。而我的母亲在这个舞台上站了近半个世纪。现在,它已经成了废墟和焦土!

2018年6月15日,于泊心堂

京剧杂谈

我们这一代人对京剧的喜爱，最初还是"样板戏"的缘故。那个时候我上小学四年级，每天的广播里都是革命现代京剧的唱腔段子，还专门教唱。学校也经常组织演出样板戏的折子，我演过郭建光、杨子荣和刁德一。但那时虽然热热闹闹，却并没觉出京剧的好来，觉得好，是在二十年之后。

1978年我上安徽大学，教当代文学的是李唤仁先生，一讲到"样板戏"，他便会即兴为大家唱上一段，他工的是老生，似乎是学杨宝森的。后来我才知道，他儿子就是批评家李洁非，我们是要好的朋友。洁非对京剧很内行，什么行当都能说出点名堂来，自己偶尔也亮亮嗓子。老师中还有一位孙以昭先生，学的是小生，显然就是蹚叶盛兰先生的路子了。我们班上有个同学姜汉椿是能唱老生的，另一个同学王一强，一手京胡拉得很棒。每逢节日活动，他们自然会来上一段，主要是马连良的三国戏，譬如《失空斩》《借东风》。那时我想，

乌盆记·2015年(35cm×46cm)

自己不懂京剧实在讲不过去,因为京剧的源头与徽剧有关,更确切地说,应该与安徽安庆这一代走出去的名伶有关。清代沈蓉圃一幅《同光十三绝》,画的是同光时期活跃在京城梨园行的扛鼎人物,其中就有潜山的程长庚、怀宁的杨月楼。京剧里一些吐字发音,用的是湖广音、中州韵,一些"尖团字"和我家乡石牌的方言相似。如伍子胥唱"只落得吹箫讨饭吃"——"吃"读作"期"。说话的"说"也念作"薛"。

我母亲是唱黄梅戏的。她说,与京剧一比,就觉得黄梅戏什么都不正规。她讲的是表演程式。戏曲在表演上最突出的特点是它的虚拟性,以虚为实,以一当十。京剧自然是最为讲究的,一个武生的"起霸",往往就要花去十分钟。即使是水袖,也还有"凤尾""蝴蝶""荷叶""车轮"多种之分。《拾玉镯》看的是表演,《三岔口》也是,台上亮着灯,剧中却是黑暗。你在演员身手不凡的功夫中感觉着刀光剑影。有一次电影里看到周信芳先生演的《杀惜》,那"嘿嘿"两声笑,真是笑里藏刀,你甚至感觉那刀上还真在滴血。

对京剧的兴趣,随着音像制品的增多越发浓了。1996年,我从郑州开车回合肥,七百公里的路程,就是把马连良和于魁智的带子反复地听着,一路哼了下来。我喜欢的是老生行当,其次是花脸,再次是老旦。后来,也喜欢上了花旦、青衣。再后来,也居然喜欢上了小生。一认真,就感到京剧是一门大学问。第二年我拍电视剧《大陆人》时,美工杨柱来自成都军区战旗话剧团,他对京剧的常识懂得不少,所以看景的一路上,我们谈的都是京剧。我唱一段《文昭关》,再唱一段《赵氏孤儿》,哪儿不对,他便替我纠正。

戏曲讲"唱、念、做、打",唱是第一位的。过去看戏,行家不说"看",说"听",说明京剧最拿人的还是唱腔。《乌盆记》里的刘世昌被贼人赵大夫妻所害,冤魂不散,整个一出戏就直挺挺地站在台上唱,唱词意思多半是重复,车

拾玉镯·2017 年（44cm × 45cm）

轱辘转，但没有人感到厌倦。唱腔设计得好，唱得也好，琴师也好，观众要听的就是这个。我看过于魁智演的全本，他唱得如泣如诉，十分悲怆。从前天津戏园子杨宝森演《红鬃烈马》，观众买不上票，就在剧场外面蹭着听，非得听那句嘎音"叫小番"是否叫上去了。据说有一次马连良先生看一位晚辈的演出，之后说："唱得好。"别人问有什么不足，马先生说："就是口淡。"——"口淡"，这话说的！我私下琢磨，可能是缺了韵味吧。这可不是能够教得会的了。还有一次，马连良夸裘盛戎《铡美案》里的包拯演得好，那句"把状纸押在某的大堂上"，这"大堂上"三个字，如同"三块瓦支起了一口锅"——"三块瓦"指的是包拯的脸谱，一般以红色表示忠勇，黑色表示粗直，白色表示奸邪，比如红脸关公、黑脸包公、白脸曹操，但是"一口锅"指的是什么呢？我想可能是指裘先生唱腔的气派吧？这样的评价真不容易说清。

　　同一出戏，流派之间的差距很大。譬如《空城计》，马、谭、奚、杨四大须生都是保留剧目，却各有不同，也各有风格。"马派"

庚午冬 女真書於多戲

的圆润,"谭派"的高亢,"奚派"的婉转,"杨派"的豪迈。我听见有人评价马连良的唱腔是"油而不滑"。仔细琢磨,还真是这么回事。他的《淮河营》是最能证明这一点的。我看过当今那些所谓马派的传人,听着就完全不是那么回事了。周信芳先生的"麒派"也了不起,嗓子倒仓,反倒叫出了绝活。《徐策跑城》那段"高坡子",连唱带表演,实在令人称绝。

新人中,有"杨派"的于魁智,有"裘派"的孟广禄,有"梅派"的李胜素,有"程派"的张火丁以及"张派"的张萍。都是我喜欢的演员。只要在电视上碰见他们的演出,我会立刻把手头的事情放下来。有时候我一边听,一边还画几幅速写。戏曲人物画有着天然的生动与抽象,情趣很高。现在画戏曲人物的很多,但画得最为有趣的,还是前辈的关良先生,那种稚拙的美感与天真,令人望尘莫及。我有时也试着画几张,但都不是很满意,但有一份惬意。

中央电视台戏曲频道有个教京剧的《跟我学》栏目,只要有机会,我就跟着

赵氏孤儿·2017 年(45.5cm × 69.5cm)

学。谭派的看家戏《定军山》中那段"师爷说话言太差",就是跟着谭孝增先生学下来的。前段时间,中央电视台举办全国戏迷票友大奖赛,我是每场必看。我也想做一个自娱自乐的票友——这话其实不准确,票友,行话指的是非专业,但却具有专业能力的人,如此看来,我充其量只是一个京剧的爱好者。我甚至还想娶一个唱花旦青衣的老婆,这可能不太现实,但京剧肯定要伴我一生。

公元1790年"四大徽班"进京,逐渐在"皮黄"的基础上形成京剧,取代北昆等剧种而占统治地位。京剧发展至今,已有两百多年的历史,于20世纪的五六十年代达巅峰,成为国戏国粹。在"四大名旦"和"四大须生"之后,往前再迈出一步都很不容易,但是也还有创造的空间存在。"四大名旦"之后走出了张君秋,与前四家不分伯仲;李少春先生的《野猪林》,一改从前武生的路子,加上了大段的念白和大段的唱腔,武戏文唱,那段"大雪飞,扑人面"可谓精彩。他这个林冲,就是一个新的高度。我曾经说过,艺术上有些东西历史上已经登峰造极,所以只能是继承而不能发展,譬如书法、古典诗词,譬如京剧。这个观点可能会招致非议,不过,我还是需要保留个人意见。我固执是因为我太喜爱京剧了。

2001年12月8日,于合肥寓所

从京剧《野猪林》说起

一次和朋友喝茶闲聊,说到京剧《野猪林》。我说,同一出戏,不同的演员来演,霄壤之别。比如林冲和林娘子,李少春、杜近芳,是一个档次。李先生出场那几步,真是飘逸潇洒、风度翩翩!接下来"四月晴和微风暖,柳荫下,绿野间,百鸟声喧",这几句唱,又是那么从容淡定,韵味无穷。这无疑是顶配。往下是李光和沈健瑾,再往下便是于魁智和李胜素。这个差距十分明显。按理说,于魁智、李胜素是当红的生旦,算得上"绝配",但细品起来,还是无法和前辈相比。这一现象其实表明,京剧演员(当然也包括其他剧种演员)不仅需要嗓子、身段、扮相,更需要注重修养。据说马连良有次观看青年演员演出,评价说:唱得好,就是口淡。什么叫"口淡"?我的理解是缺乏韵味。而所谓的韵味,又往往是只能意会,难以言表,需要长期的琢磨与领悟。这方面,程派的张火丁算有建树,她走出了一条属于自己的路子,在唱腔上显示了自己的特点,故

野猪林
癸卯秋
杨平子
南戟

有"程腔张韵"一说,当然这也是抬爱。

京剧《野猪林》取材于《水浒传》第六回至第九回,这一段落的主角是豹子头林冲,故事家喻户晓。最早把这个故事搬上京剧舞台的是武生宗师杨小楼。杨先生是我的乡贤,安徽怀宁人。其父杨月楼是"同光十三杰"中的一位。光绪年间,杨月楼和广东商贾之女韦阿宝的婚姻风波,最终闹成"清代四大奇案"之一,惊动慈禧太后。1983年,我父亲据此创作了黄梅戏《杨月楼》,也就是这个时期,我接触到杨氏父子的一些资料。

1922年,杨小楼在上海跟牛松山零零散散学了《夜奔》的身段,返京后即改编加工上演,引起轰动,成为武生戏的典范。由此激发了杨小楼排演全部《林冲》的欲望与豪情,他计划分为四本:《野猪林》《山神庙》《夜奔梁山》《火并王伦》(实际上他只演了前三本)。剧本的合作者是号称"清逸居士"的溥绪。作为逊清王爵的溥绪,是一位京剧名票,不仅能演,还特别能写,具有较高的文艺素养,才思敏捷,语言天赋也好,曾经为高胜奎、尚小云等众多名伶编纂过剧本。戏中鲁智深一角最早是侯喜瑞饰演,后来换成了郝寿臣。某种意义上,杨小楼的"林冲系列",为中国京剧史上"武戏文唱"的路子奠定了基础,而真正让"武戏文唱"登峰造极的,是后来者李少春。

李少春,河北霸州人,出身于梨园世家,其父李桂春就是文武通吃的名伶。1934年仅十五岁的李少春,在上海与梅兰芳同台合演《四郎探母》,得到梅的称许。1938年李少春拜余叔岩为师,成为余门入室弟子。二十年代梨园行里,余叔岩、杨小楼、梅兰芳被称为"三贤"。李少春和"三贤"都有了联系。余叔岩是不轻易收徒的,当时门下也就一个孟小冬。我见过两张他们师徒三人不同时期的合影,余叔岩仙风道骨,正襟危坐,两位徒弟站立两侧,战战兢兢,让人好生羡慕,感叹不已。余叔岩也不轻易赞许同行,但在谈到杨小楼时却很慷慨:"杨小楼完全是仗着天赋好,能把武戏文唱,有些身段都是意到神知;而在他演来非常简练漂亮,怎么办怎么对,别人无法学,学来也一无是处,所以他的技艺只能欣赏而绝不能学。"这话实际上是说给李少春听的,意思是你的"武戏文唱",必须走自己的路。

据翁偶虹回忆,李少春第一次向他提出改编《野猪林》,是在1947年。

第二天,我到旅馆为他送行,他又向我提起《野猪林》。我问他有什么想法,他说:"从小地方讲,林冲的扮相,我就想改动。杨先生当年打'扎巾',我的前额宽,打'扎巾'不适宜,不比《定军山》的黄忠有髯口衬着。我想改作一顶将巾,前面加小额子。从大地方讲,我想把头本《野猪林》、二本《山神庙》连贯起来……"没等他说完,我拍掌说道:"好!有头脑!林冲绰号'豹子头',偌大的'豹子头',怎能不把大快人心的雪恨场面结为豹尾?!"

"……当年'菜园子'那场,没有舞剑,杨先生总想添上,迄未实现,我

野猪林之二·2015年（44.5cm×69.5cm）

可以承其遗志。'长亭'那场,不在唱工较少,而是感到林冲夫妻的生离死别,没有足够的描写,我当补其不足。'野猪林'那场,在林冲忍气吞声的起解途上,还可以多加渲染,除唱做外,我还想戴着'手肘',走个'吊毛'。'山神庙'那场,我想孤胆群战,一个人破十二个打手,演出来八十万禁军教头的'豹子头',不然,整个戏里,林冲太窝囊了!还有'白虎堂',我想多加对白,与高俅、陆谦展开面对面地辩理……"(翁偶虹《我与李少春》)

这情形太令人激动!如今还会有这样的沟通合作吗?

翁偶虹原想让李少春自己编剧,但李深感学识不够,力邀翁助一臂之力。盛情难却,翁偶虹最后还是参与了合作,对唱词和结构做了润色加工。但翁先生在这篇回忆文章中坚称,自己算不得《野猪林》的编剧,只是帮了点忙,实际上编剧还是李少春。这篇文章还提到了一个有趣的细节,当初李少春打算动手改编《野猪林》时,征求了搭档袁世海的

野猪林之三·2018年（45.5cm×70cm）

大雪飘扑人面朔风阵阵透骨寒……李少春先生野猪林之风雪山神庙造型 香月童画 涛平

意见，袁有些犹豫，说要看看师傅郝寿臣的态度，毕竟，这是当初杨、郝联袂的首创。如果师傅不点头，他是万万不敢参与的。于是袁世海登门，对师傅说了原委。郝寿臣却让袁世海脱下上身的全部衣服，袁以为自己要挨打，结果师傅不过是摸了摸徒弟的肚皮，然后说：成了。原来郝先生是担心徒弟的肚子不够肥硕，会影响自己发明的鲁智深"裸肚"造型。

1949年，由李少春、袁世海领衔主演的《野猪林》在上海天蟾舞台亮相，连演72场，被称作"《野猪林》双满月"。连雄霸上海滩的麒麟童周信芳的场子都受到了挤对，可谓盛况空前。由此，《野猪林》一举成为中国京剧史上的典范之作。可以这么说，京剧《野猪林》是李少春在杨小楼的基础上，继承创新编排的一出新戏。从立意、构架、情节到人物的塑造，角色的"唱、做、念、打"都是李少春亲自构思、设计，费尽心血，这是李少春全身心投入的一部经典剧作，也是他的传世之作。

1962年，北京电影制片厂将其摄制成同名戏曲片，由崔嵬、陈怀恺导演。就电影而言，《野猪林》并没有多少值得称道的地方，手法老套，镜头语言也相当乏味，对于我，其实就是一部录像。但我还是要感谢这部电影，因为它，让我看到了李少春、袁世海、杜近芳这些前辈艺术家当年演出的风采，那才是京剧的黄金岁月，是《野猪林》的绝配。相比之下，今天舞台上的任何一出《野猪林》，无论谁演，都显得业余。

2018年5月15日，于泊心堂

《三岔口》和叶盛章

京剧《三岔口》是一折传统短打武生剧目,取材于《杨家将演义》。说的是宋朝年间,三关大将焦赞因杀死当朝宰相王钦若的门婿谢金吾而被发配到沙门岛,押解途中住进三岔口小店。杨延昭担心焦赞遭遇不测,遂密令部将任堂惠暗中保护,夜宿此店。果然与店主刘利华黑灯瞎火间展开一场恶战,后焦赞出面,这才知道是一场误会。故事如此简单,戏却非常好看。

《三岔口》的好看,首先在于一个"黑"——黑夜中黑店里刀光剑影,舞台上却是灯火辉煌,但观众能感觉到这个"黑",也承认这个"黑",这就是戏曲的魅力。戏曲的情境和场景是写意的,舞台上就一桌一椅;表演是虚拟的,那些程式化的武打设计,却非常贴近人物。这出戏的剧情原来不是现在这样,店主刘利华是"琉璃滑"的谐音,意指奸猾歹人,是反派,还设计了一个专门的脸谱,勾出一张歪瓜裂枣的丑脸,角色设定为武丑。由武生和武丑这两个行当搭

三岔口之一·2015 年(31cm × 42cm)

配,演起来自然妙趣横生。最后的结局是任堂惠杀刘救焦。直到1951年,中国京剧院张云溪与张春华合作出国演出,才将刘利华的身份由开黑店的反面角色改为英雄好汉,其原来的丑角也改为俊扮,于是便成了两个短打武生的对决。如此一来,趣味便丢失了很多,引发争论。后来折中,剧情还是改了,但刘利华的形象还原为武丑,也就是今天我们看到的这样。

很多前辈京剧大师都演过这出戏,如盖叫天。被称为"江南活武松"的盖叫天,原名张英杰,出生于梨园世家,先宗法前辈武生李春来,后自成一派。盖叫天技艺精湛,精气神饱满,尤以短打武生见长。当年有一副对联:"英名盖世三岔口,杰作惊天十字坡",可见其了得!最早和盖叫天搭档的是南方著名武丑谭永奎,后来便是叶盛章。我查过资料,盖叫天与叶盛章合作的《三岔口》有口皆碑,可算是黄金搭档,举世无双,为京剧界公认。

叶盛章是"富连成"掌门人叶春善的三公子。叶春善祖籍安徽省太湖县,与我的家乡怀宁是邻县,现同属安庆市辖区。但叶春

三岔口之二·2015 年(39.5cm × 38cm)

善生于北京,其父叶忠定,是"四大徽班"之一的"四喜班"台柱。叶春善膝下共有五子六女,长子叶龙章、次子叶荫章、三子叶盛章、四子叶盛兰、五子叶世长。叶家是京剧界首屈一指的大家族。

富连成社创办于 1904 年,初称"喜连升",后改作"喜连成",最终定名为"富连成"——这是中国京剧教育史上办学时间最长、造就人才最多、影响最为深远的一所科班。凡四十四年,共培养了"喜""连""富""盛""世""元""韵""庆"八科近 800 名京剧学生,其中雷喜福、侯喜瑞、马连良、于连泉(筱翠花)、马富禄、谭富英、裘盛戎、叶盛兰、叶盛章、袁世海、李世芳、毛世来、艾世菊、谭元寿、夏韵龙、叶庆先等均为京剧名家。

叶盛章幼时学的是净行,后改丑行,科班出身的他天资聪颖,勤学苦练,加上得诸位名师指点,成就一身好功夫,被称为京剧界的"第一武

三岔口之三·2015 年(38cm × 35cm)

丑"。邓小秋在《〈三岔口〉的前世今生》一文中对此有精彩描述：

> 他在《三岔口》中"出场"时的"跟头"，又高又轻；蹲着身"走矮子"，能走几个"圆场"；摸黑开打，扑腾翻跃，都能达到"稳、准、狠"的要求。他主演的刘利华，出类拔萃，无人能比。新中国成立前后，盖叫天年岁已高，很少登台。叶盛章则在北京参加"起社"，长期与李少春合作演出《三岔口》，配合默契，极受好评。后来，叶盛章逐渐淡出舞台，便由名丑谷春章接替。

2016年秋天，我在北京接待了叶家后人叶菲，她是叶春善的曾孙女，叶家长子叶龙章的孙女。叶菲是旅美学者，想把她三爷爷叶盛章的事迹拍成一部电影，向我咨询一些情况。那个下午，我们的话题就是叶盛章。

听叶菲介绍，叶盛章原来是学武生的（这与我了解的有出入），后来改学武丑，否则这出《三岔口》他饰演的就是任堂惠而非刘利华了。早先，叶家兄弟叶盛章、叶世长联袂演出过《三岔口》，解放后这出戏由张云溪、张春华先生演出，名动京城。张春华就是叶盛章的弟子。叶菲对我说，1939年卓别林来香港，主动要求为叶盛章的演出报幕，这是很高的荣誉。在我看来，叶盛章的贡献，在于把武丑这个行当，提升到了空前的高度，具有典范的意义。然而这样一位杰出的艺术家，却惨死在"文革"期间。

据刘嵩昆《叶盛章之死还是一个谜》一文所述，叶盛章的死，至今是一宗悬案。1966年"文革"来势迅猛，恶浪滔天，文艺界首当其冲。像叶盛章这样的人无疑在劫难逃。先是抄家，继之诬告，说叶盛章私卖房产，私藏枪支。叶盛章一家被揪出来批斗至深夜。这一天，是8月的最后一天，也是叶盛章生命的最后一天。

次日清晨,两位铁路职工路过东便门雷震口,发现护城河内漂浮着一具老者尸体,遂打捞上来。老者上穿白衬衫,下着蓝色西裤,足穿千层底布鞋,手腕上的"劳力士"仍在走动,但人已气绝身亡。后从身上的工作证得知,死者即为中国京剧院的叶盛章。其实那一年,叶盛章才五十四岁!其子叶钧随公安部门赶到现场辨认,发现其父脑后有伤,这就意味着叶盛章并非自杀!但那个时代,谁会为一个"阶级敌人"的死去追究调查呢?

我现在住的地方,距离叶盛章遇难地不远。那个晚上,我独自驾车去了广渠门桥。站在桥上,茫然四顾,当年的护城河早已经成了今天的二环路,但历史的痕迹不会因物理的变化而消失。

2000年,我写过一部话剧《地下》。这个戏写的是一场地震之后,一男一女、一老一少被埋在了地下车库。埋在地下的人只思考一个问题:怎么活下去?剧本发表在《北京文学》(他们几乎是不发剧本的),还为此展开了一场讨论。后来有人问我,怎么想起来写了这个?而且,这个题材也是可以写成小说的。我回答很明确——最先在我眼前出现的,就是话剧的形式,或者说,我特别想写一部话剧版的《三岔口》。我希望在舞台上营造一场莫须有的"黑",更渴望演员在舞台上,于辉煌的灯光下完成"摸黑"的表演。但是《地下》至今没有排演,或许,将来由我本人来完成吧。后来我在电视剧《海狼行动》和《虎口拔牙》中都穿插使用过《三岔口》,可见我对这出戏的喜爱程度。

我多次画过《三岔口》。送走叶菲的那个晚上,从广渠门回来,再次画了一张,以此作为对叶盛章先生的追思,如今就挂在泊心堂。

2018年5月20日,于泊心堂

闲话《白蛇传》

我出身于一个梨园世家。外祖父是黄梅戏前辈艺人,母亲是县剧团的当家花旦,父亲是编剧。我小时候几乎每晚都去戏园子看戏。"文革"前,剧团基本上是以演古装戏为主,帝王将相才子佳人,其中就有《白蛇传》。这出戏不是黄梅戏的传统剧目,也不是新编剧目,大概是根据京剧——田汉的本子移植过来的。我母亲饰演白素贞,扮起来真是光彩照人。今天是2018年5月13日,母亲节,虽然母亲已经离开我十四年了,现在写这篇文章,眼前还是浮现出她在舞台上饰演白素贞的形象,她的唱腔,她的身段,她的水袖,无不让我迷恋。多年前我画过一幅《断桥》,母亲看过,不禁感叹一句:白素贞如果没有"水漫金山"这一出,就更完美了。那时她已经退休,一心向佛。

这出戏我不知看过多少遍,因为这出戏,少年的我对蛇似乎没有特别的恶感,也不惧。大学期间,我看过上海电影制片厂摄制的一部京剧戏曲片《白蛇传》，由李炳淑主演。那个晚上我仔细推敲了，觉得就戏曲结构、人物关系和情节设置而言，《白蛇传》最为完整，也最合理。不像黄梅戏《天仙配》，怎么看都觉得是由"路遇"一折拉拽而成。

看戏曲和看话剧感受是不一样。戏曲这种形式，剧情都很简单，人物也是类型化——脸谱化。有一次和父亲谈起戏曲的脸谱，他的观点很鲜明：戏曲就是需要脸谱，让人一看，善恶分明。我觉得有道理，戏曲不需要像话剧那么深刻，不需要那么有思想，人物性格也无须多么复杂。戏曲是娱乐大于思想，娱乐大于教育。人们看戏，为的是享受，看的是角——为其悦耳动听的唱腔和出神入化的表演所陶醉。如果说话剧是以剧本为中心的，那么，戏曲就是以演员为中心的。比如今天大家提起话剧《雷雨》，都知道是曹禺写的，但周朴园是谁演的？繁漪是谁演的？恐怕就说不上了。但要是提到《霸王别姬》或者《锁麟囊》，谁都知道是梅先生和程先生的代表作，剧作者是谁，又都无法说出。

《白蛇传》最早的成型故事是冯梦龙《警世通言》里《白娘子永镇雷峰塔》。后来各种戏曲本子均由此脱胎而出。全国几乎所有的剧种，甚至包括木偶戏、皮影戏都有这出戏。其中以文武开打、唱做并重的京剧《白蛇传》最为著名。流传最广的戏曲剧本，也是出自田汉之手。田汉最初接触这个题材是在1943年，应李紫贵邀请，参考弹词《义妖传》、传奇《雷峰塔》和话本小说《白娘子永镇雷峰塔》等有关白蛇故事的文学作品，完成了《金钵记》。某种意义上，现在通行的这个本子，是田汉为梅兰芳的弟子杜近芳量身定制的。杜近芳最初演的是"杂拌"的《白蛇传》，有昆曲也有皮黄，周恩来建议她去演相对完整的《金钵记》。于是杜近芳就去拜访了田汉，说《金钵记》给人的感觉是在突出法海，又说"盗库银"怎么看都觉得是贼的勾当，有损白素贞的形象。年轻的杜近芳从演员的角度提了些意见，对田汉很有启发，遂在《金钵记》的基础上做了大幅度的修改,正式命名为《白蛇传》。1954年,中国京剧院首演此剧,杜近芳饰演白素贞,李少春饰演许仙,轰动京城。至此,京剧《白蛇传》完成最后的定型。据杜近芳回忆,排演这出戏,她的两位恩师——梅兰芳和王瑶卿始终跟着,给予她很大的帮助。这样的规格简直难以想象!可是到了1963年,北京京剧团决定排演《白蛇传》,由赵燕侠饰演白素贞。导演张艾丁认为,"合钵"一场中,白素贞的唱词情绪不够饱满,难以充分表现母子生离死别悲愤交加的复杂心情。田汉接受了这一建议,用一个晚上的时间把原来只有"四问"的离别唱词增加到了二十七行——

亲儿的脸吻儿的腮,
点点珠泪洒下来。
都只为你父心摇摆,
妆台不傍他傍莲台。
断桥亭重相爱,
患难中生下你这小乖乖。
……

就唱词而言,田汉"一夜之间"补上的这一大段唱词显得急就,也嫌拖沓,不够精致,但赵燕侠这段唱腔可谓如泣如诉,动人心魄。不过,梨园行的流派与做派历来就是如此,各唱各的,互不买账,各有各的选择,各有各的传承。

2011年我拍电视剧《粉墨》,剧中的女主角的身份是一位京剧名旦,还引用了《白蛇传》的"游湖"和"断桥"。为此我接触过两位杜近芳的门人,青年演员窦晓璇和丁晓君,如今都是饰演白素贞的角儿。问起这段"亲儿的脸",她们

白蛇传·断桥·2017年（45.5cm×69cm）

白蛇传·断桥(局部)

白蛇传·游湖·2015 年(35cm × 46cm)

都不曾学过。我后来画《白蛇传》，心中的模特就是她们二位，虽然没有对着写生，但她们的演出给我留下了美好的印象。我曾经问丁晓君，"盗草"和"水斗"这两折也是由你一人演吗？她说是。这两折武戏成分大，很吃功夫，不容易。程派青衣张火丁也曾将这出戏搬上舞台。以程派的声腔韵律来演绎《白蛇传》，是一次尝试，更是一次创造。我只是在电视上看过《断桥》一折，感觉挺好。

多年前看电影《青蛇》，眼前一亮。这部根据李碧华同名小说改编的电影，故事虽然取材于《白蛇传》，但视角变成了青蛇的，张曼玉饰演的青蛇自然就是主角，因此具有极大的颠覆性。徐克的电影大都闹腾，给我印象最好的，当属这部《青蛇》。张曼玉夸张撒娇的表演并不让人讨厌，反倒很生动。倒是饰演白蛇的王祖贤真的成了一个摆设。

最近闲时看张岱的《西湖梦寻》，发现其在《雷峰塔》一文中提到这个白蛇的传说：

  曾见李长蘅题画有云："吾友闻子将尝言：'湖上两浮屠，保俶如美人，雷峰如老衲。'予极赏之。"

将保俶比作白素贞，雷峰塔比作法海，这是天才的比喻。李长蘅即李流芳,张岱同一时代的诗人、书画家,也是张岱的好友。闻子将是明代文学社团"读书社"的发起人,虽文学成就不大,但这句话却是高妙。

1980年上影的那部戏曲片,限于当时的拍摄条件和制作手段,今天再看效果已经不佳。我一直想重拍一部《白蛇传》的戏曲片,并且想对田汉的剧本进行一次较大的改编,甚至重写。有人便问我打算怎么改。我随口说了句,让许仙和法海换个位置——许仙出家为僧,法海还俗恋爱。

或许这也是一种颠覆吧?

2018年5月13日,于泊心堂

青衣·程派·张火丁

戏曲行当的旦角中，除老旦自成一路外，又有青衣、花旦、刀马旦、花衫之分。譬如"四大名旦"中，梅兰芳侧重于唱与做，在青衣与花旦之间游走，花衫的成分最大——某种意义上，花衫是梅兰芳的创造；尚小云则偏重于刀马旦；荀慧生喜欢塑造天真活泼俏丽的姑娘，专攻花旦；程砚秋则是以独特的唱腔与表演处理，立足于青衣。"梅兰芳的'样'，程砚秋的'唱'，尚小云的'棒'，荀慧生的'浪'。"——这是二十世纪三十年代"通天教主"王瑶卿的"一字评"，当年在戏迷中广为传颂。

青衣是旦行里最主要的一类，也称正旦，大多扮演端庄温婉且正直善良的人物，年龄一般是由青年到中年，如《白蛇传》里的白素贞、《红鬃烈马》里的王宝钏、《汾河湾》里的柳迎春、《宇宙锋》里的赵艳蓉、《铡美案》里的秦香莲、《锁麟囊》里的薛湘灵等。又由于角色多为茹苦含辛的贤妻良母，故多穿青褶

宇宙锋・2017年（46cm×58cm）

子——这大概是青衣的由来,也另称作"青衫"。青衣重唱工,念白皆为韵白,其表演的幅度也很受节制。据梅兰芳《舞台生涯四十年》记载,有一次梅先生演《宇宙锋》,当天嗓子不舒服,就临时把表演尺度放大了,以做弥补;但还是受到了个别票友的批评,说在艺术上,过分和不足都是缺憾。

但凡流派,皆因相比较而成立。这也是我为什么坚持认为,黄梅戏没有流派一说的理由。严凤英、王少舫只能说是那个时代黄梅戏的代表人物,但今天称其"严派"或"王派"就显得牵强。京剧流派的诞生始于二十世纪二十年代,诸多流派因演唱方法和表演形式的差异,各自彰显出鲜明的艺术个性,这是流派形成的基础。据现存资料,"四大名旦"的称谓,最早是在1921年,由天津一个叫沙大风的娱记,在以自己名字命名的《大风报·创刊号》上提出的。1927年北京的《顺天时报》又有评选最佳旦角的活动,推波助澜,再次评出"四大名旦"——梅兰芳首屈一指,程砚秋紧随其后。

程这一派,实际上是被逼而出——程砚秋年轻时变声倒仓,依嗓音条件已经很难再做演员,老天爷似乎不赏这口饭。但他不认命,在王瑶卿等人的精心指导下刻苦练声,之后出国考察,或许也领略到西洋歌剧的魅力——这是我个人的推测,着重在音韵、四声上下功夫,终自成一格。曾读刘海粟《黄山谈艺录》,其中有将京剧流派与绘画风格作为比较的文字,感觉很新鲜。他是这样谈论程砚秋的:

> 程砚秋演技如雪崖老梅,唱腔浑厚苍凉。他天生脑后音,本不适应歌唱,但他善于扬长避短,终臻曼美之风。

然而"天生脑后音"的程砚秋根据自己独有的嗓音特点,硬是创造出了一

锁麟囊·2017年（46cm×70cm）

锁麟囊（局部）

苏三起解·2015 年(34cm × 45cm)

种幽咽婉转、若断若续、如泣如诉、刚柔并蓄的唱腔风格,在表演上无论是身段、步法,还是水袖、剑术,都具有与众不同的特点。有人说程砚秋创作的角色典雅娴静,恰如霜天白菊,有一种清峻之美。1956年摄制的、由吴祖光根据程派经典剧目《荒山泪》改编并导演的电影,片头字幕衬底就是一束白菊。可见,这种"清峻之美"的评价应是一种共识。

程砚秋的作品我看得不多,除戏曲片《荒山泪》,就只听过几段老唱片。有一次驾车出长途,一路反复听着程砚秋和杨宝森合演的《武家坡》,感觉与其他流派差异很大,但差在哪里,一时弄不清楚。

真正让我喜欢并认识程派的,是后来者张火丁。

很奇怪,自从看过张火丁的戏,就觉得无论是她的形象气质,还是唱腔做派,最能体现"青衣"和"程派"这两个概念。或者说,张火丁就是"青衣"和"程派"的化身。几年前,潘萌还特地给我快递了一册张火丁的演出剧照集锦。那段时间我时常就听她的音碟,从程派的传统剧目《锁麟囊》《春闺梦》到新编的《祝福》和《江姐》,反复地听,很痴迷她这种演唱,但也不禁自问:这是程派吗?后来京城掀起的程派热,某种意义上可以看作是张火丁热,有人甚至将其归纳为"程腔张韵"。这其中的"张韵",指的是张火丁本人的唱腔和表演特色。这种归纳,我大体是认同的。京城每逢上演张火丁的戏,都是十分火爆,一票难求。张火丁称得上名副其实的角儿,今天能享受这样的痴情而狂热的"捧角",张火丁是第一人。

一次,偶尔看到张火丁的访谈节目,才知少年时代的她求学之路竟是如此坎坷,从关外的吉林来到河北的廊坊,再由评剧转到京剧,几经周折才作为天津戏曲学校的自费插班生被录取,实属艰难!然而起点不高的张火丁有着过人的毅力、天赋、悟性和韧劲,一步步走到了今天的辉煌,可谓"梅花香自苦寒来"。不可否认,张火丁的程派,体现了创造性的继承和发展。

张火丁是努力的,更是清醒的。对于程派的继承与发展,也有很好的思考。她认识到,继承并非是传唱了程派的几出老戏,发展也不等于是用程腔演唱新剧目。我在网上浏览过她的研究生论文,对程派的研究,有其独到的认识,比如她认为程派唱腔"在幽柔的旋律中蕴含有一股犀利苍劲、锋芒逼人的内在力量",并且"程腔注重以腔就字,咬字运用切音,需用口劲。行腔时抑扬顿挫,轻重缓急,结合四声,通过气口、粗细音放和收等技巧,使程腔具有强大的艺术感染力和震撼力"。同时,她认为程派的"念"也是独树一帜,她说:"程派创出的运气、提起,把气推起来,再发音念白,如'苦哇'、'容禀'之类的叫板,听来似断实续,俗称龙头凤尾。"

这篇论文还引用了程砚秋对于传承的精辟独到的论述,如:"初学法则,遵守规矩;既得规矩,始求奇特;既得奇特,乃寻规矩",再如:"守成法,不拟于成法,也不背乎成法"。

这与齐白石的名言"学我者生,似我者死"异曲同工。

张火丁有这样的论述:

> 程派艺术不是晴空日出,而是淡云掩月;它不是不遗余力,而是游刃有余;它不是震耳欲聋,而是回味无穷。它如南极的一座巨大冰峰,浮于海上、露出水面者少,藏于水下者多。它含蓄深沉,具有忧郁的品格。它庄重典雅,兼有哲学、辩证法色彩。程派艺术在许多方面,或就其本质而言,与文学中的诗极为相近,可以说是"京剧中的诗"。

这段文字尽管有点学生腔,但体现了张火丁对程派艺术的一往情深。

2018年6月20日,于泊心堂

"大先生"和"我的朋友"

像我这样生于二十世纪五十年代末的人，最具讽刺意味的，是开始读书的时候就接触到中国现代最伟大的作家鲁迅，大有一步登天之感。这不是我的选择，而是时代的选择——那时代新华书店里，文学书籍的作者，好像就只有一个鲁迅。书都是单行的薄本，牙白的封面，上面印着鲁迅的浮雕像。比如《呐喊》《彷徨》《野草》《华盖集》或者《二心集》，如此等等。翻开一看，遇见的又是"某君昆仲"或"消息渐阙"，不懂其意，就失去了往下读的勇气。但是耳边一直响彻着"鲁迅是伟大的文学家、思想家、革命家"，在我心目中，鲁迅虽然过世三十年，但似乎还是中国的第二号大人物，感觉不学习鲁迅，有愧于这个时代。其时我不过十岁，这种难堪与自责却伴随我很久。

十年后的1978年，我上安徽大学中文系，必修现代文学史这门课，自然要面对鲁迅了。讲授这门课的是方铭老师，也是一位鲁迅的研究者，虽然按那时的风气,很大篇幅在讲鲁迅的思想和革命,但毕竟也涉及鲁迅作品的文学性和艺术性。我记得有一次讲《孔乙己》,讲到"排出九文大钱",方老师说:"这个'排'字,实在是太传神了!"这很对我的心思,我面前立即就出现了一个"站着喝酒而穿长衫的唯一的人"。那时候学校也经常外请一些鲁迅研究专家来做讲座,谈论最多的也还是鲁迅的思想性、革命性或作品的国民性,比如"救救孩子""阿Q精神""忧愤深广"之类。说实话,我对这种带有主观臆测倾向的研究,历来没有多大兴趣,觉得远没有鲁迅作品本身有意思——我开始有些喜欢鲁迅的小说了。

1981年,是鲁迅一百周年诞辰。当时全国搞大学生文艺会演,我一时心血来潮,写了一个叫作《前哨》的独幕话剧,围绕鲁迅和几位青年作家的交往,编刊物,东扯西拉,不仅自编,还自导、自演——我主演鲁迅。彩排那天,还专门请了省艺校一位化妆师。扮上之后,围观者一阵惊呼——哎呀,真的很像啊!我现在把剧照拿出来示人,观者还是咋舌,很难想象这是由一位二十四岁的学生扮演的。《前哨》后来获得了全国大学生文艺会演一等奖,我本人也获得了表演一等奖。不久,应省电视台邀约,我将话剧改编为同名电视剧,由省话剧团摄制,当年的10月便在中央电视台一套黄金时间播出。那个晚上,学校的操场上摆放着几台电视机,让各系的同学观看。当主持人薛飞报出节目预告——"19点35分,电视剧《前哨》",便响起了热烈的掌声。藏在人群里的我一阵窃喜,也羞涩,我想,自己接下来就是要好好读鲁迅了。

随着对鲁迅阅读的展开,接触的资料也日益增多,鲁迅的故事,鲁迅的传说,鲁迅的绯闻,鲁迅的争议,纷沓而至。但这些丝毫不影响我对鲁迅作品的阅读,反倒让这个平面的形象立体了。至少,可以分为作家的鲁迅和男人的鲁迅,他们是大不一样的。后来的事实表明,当我成为一个作家后,我坚定地相信,鲁迅是中国现当代最好的作家;当我暂别案头不写小说时,我依旧相信,鲁迅的文字是我心中最好的文字。一次和日本的学者谈到鲁迅和现当代作家的关系,我说,中国现当代作家和鲁迅的关系是一枚惊叹号——鲁迅是那一点,其他人排成一线;鲁迅是唯一的,其他人和鲁迅之间永远有段距离,无法弥补!其他人和鲁迅一比,就不免会露出"皮袍下面藏着的'小'来"。这种"小",在我这里首先是格局的"小",其次也是文字的"小"——我说过,我只立足于鲁迅的作品。具体地说,我迷恋他文字的魅力、叙述的味道,更欣赏他的写作姿态——那是一种从容的优雅,宠辱不惊,无论处于怎样的境遇都一副无所谓的姿态。没有人可以塑造阿Q这样的艺术形象;没有人可以虚构大王和贱民的两颗头颅,在沸腾的鼎炉中彼此追咬这样的情节;也没有人可以写出"一株是枣树,还有一株也是枣树"这样平白有趣的句子。所以今天看到陈丹青文章里只认鲁迅是"大先生",认为这位大先生不仅样子"好看"而且人也"好玩",我是十分赞赏的,我想沿用这个说法。"注意,"陈丹青强调说,"我指的不是'想到'(thinking),而是'想念'(miss),这是有区别的。"这实在是准确而美好的表达。对于他,对于我,喜爱并思念着鲁迅,不是权利的选择,也不是历史的选择,而是上帝的选择。

这些年浪迹四方,无论落到哪里,大先生的书我都是要随身带着的。我有两套不同版本的《鲁迅全集》,也通读了四回,每读一回都有不同的心得,即便是阅读本身,面对那些令人迷恋的文字和叙述,也觉得非常享受。安徽大学王达敏教授曾将我的两部中篇小说《重瞳——霸王自叙》《三月一日》与鲁迅的《狂人日记》做比较,认为我这种超现实主义文本,某种程度上是受到了鲁迅的影响。对此我不是很清楚,我清楚的还是喜欢鲁迅的作品,喜欢读他的文字。

大先生·2017 年(47cm × 69.5cm)

大先生丁酉春月唐辉临写

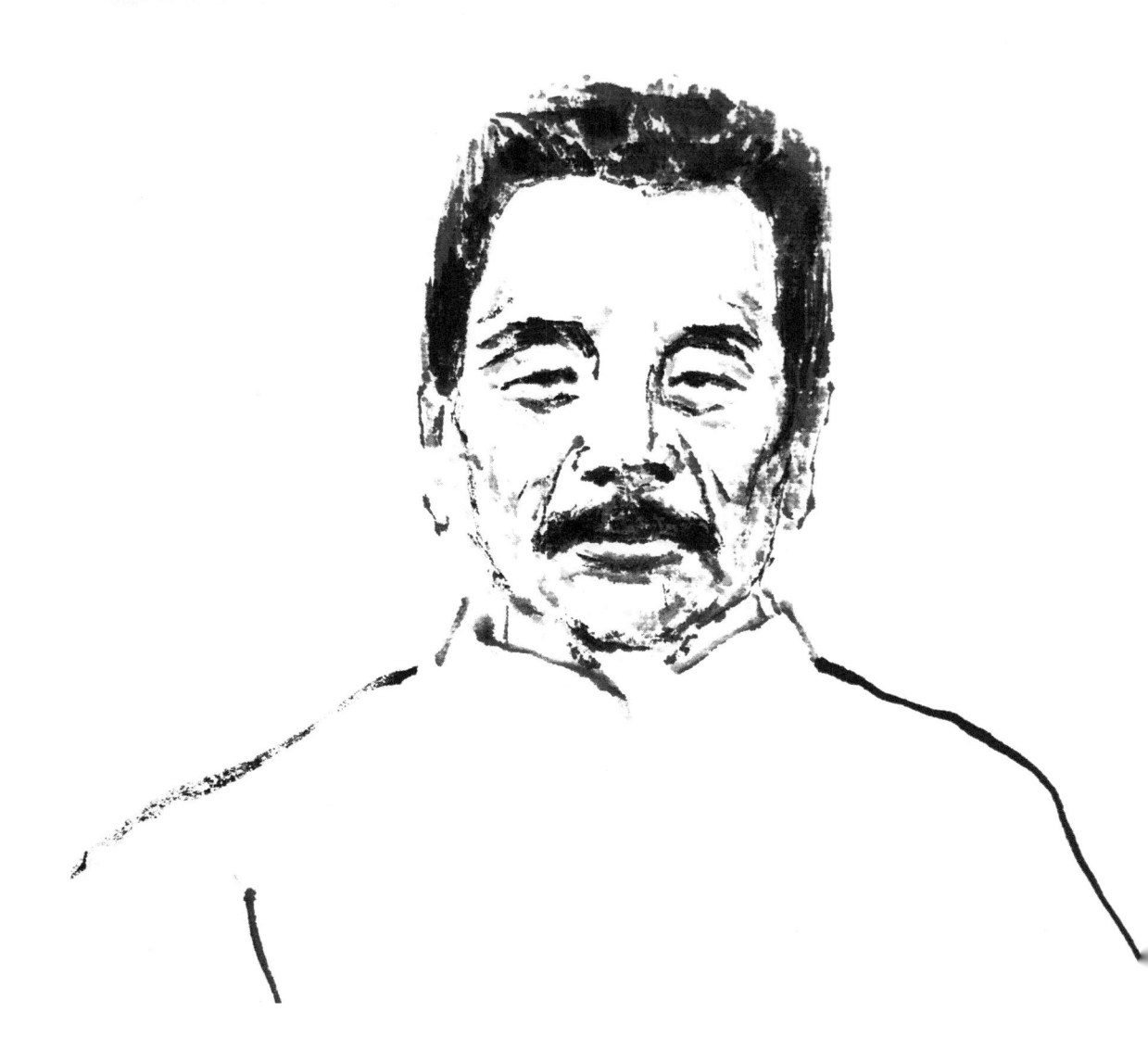

大先生(局部)

有一年我去美国,在华盛顿DC的一次饭局上,有朋友这样问我:对于鲁迅和胡适,你最敬重哪位?这个题目让我想起谢泳编过的一本集子《胡适还是鲁迅》,显然这是个漫无边际的题目,但我还是回答了。我说,我喜欢鲁迅的文字、胡适的为人。这种归纳是即兴的,却也是发自内心,当然我这么说并不意味着,我不喜欢鲁迅的为人或者讨厌胡适的文字,而是二位前辈给我留下最为深刻的方面有所不同。我之所以不喜欢那部叫作《黄金时代》的电影,很大程度上,是因为它迫使我去接受一位大相径庭的鲁迅。借用陈丹青的话,这不是好玩的鲁迅的样子。

在我最初二十年的记忆里,鲁迅和胡适这两个名字,是完全对立的。鲁迅的形象如同当时流行的一幅叫作《永不休战》的油画,横眉冷对,大义凛然,手执一管匕首投枪般的毛笔;而胡适的形象却永远只能出现在漫画中,他也有一支笔,但不是拿在手里,而是架到了耳朵上。很多年后,当我终于看到了胡适不同历史时期的照片时,才觉得他与我记忆中的某位老师相像,没有脾气,不严自威,大多的时候脸上都挂着微笑,用季羡林先生的话说,那是"有魅力的典型的'我的朋友'式的笑容"。尤其是他二十世纪六十年代和蒋中正的一次合影,老蒋正襟危坐,胡先生则翘着二郎腿——不知道是否还有别的文化人和最高统治者如此合影过?这张照片让我心热,那一刻想到的是,作为胡适的同乡,我很骄傲。最近韩国出版了一套《中国当代话剧代表作》,收录了四十年间的八部话剧,其中有我的《霸王歌行》,还有一部《蒋公的面子》——这出戏我没有看过,但内容大致是知道的:当年南京的三位教授接到蒋公请客的帖子,犹豫不决,一直想着去还是不去?我想这戏里的三人是绝没有胡适这份倜傥的。虚构的他们没有,真实的我们也没有。

我的朋友、学者孙郁著有《鲁迅与胡适》,这本书我是在一次旅行中,于火车上读完的。其中开篇一章就说,鲁迅和胡适,虽然长期以来一个被当作"左翼文化"的旗手,一个是"右翼文人"的主帅,"一个充当了社会与政府的批评者,另一个成了现存政权的诤友"。但是从另外一方面,孙郁"看到了两个人在精神气质上的一致性:自由主义与精神的现代化",这很触动我。作为"五四"那一代文人的代表,鲁迅和胡适,之所以能成为两座不可动摇的丰碑,某种意义上就在于这种"精神气质的一致性"。至于"两种选择",也是十分自然的事,并不意味着二人的完全对立。即使对立,又有何妨呢?我厌倦某些以那套具有意识形态色彩的话语来谈论鲁迅和胡适,那无疑是一种亵渎。

我读胡适的作品有限,但读到过不少他的事迹或者传说,譬如当年胡适留学美国的日记,其中关于麻将的记载——"周一,麻将;周二,麻将;周三,胡适之啊胡适之,你再这么麻将下去可就彻底废了!但是周四,还是麻将!"于是我眼前顿时就浮现出一张"我的朋友"式的笑脸,亲切无比;再譬如1929年的某一天,作为中国公学校长的胡适,机智化解了一起女学生的投诉指控——劝作为学生的张兆和嫁给老师沈从文,如此一来,老师情书中那句"我不但想得到你的灵魂,还想得到你的身体"就不属于"性骚扰"了,这是多么的幽默与慈爱?即使是后来台湾岛发生轰动一时的"雷震案",面对众多记者的提问,胡适没有采取迂回的态度,而是挺身而出,援引宋代诗人杨万里的《桂源铺》作答:

>万山不许一溪奔,
>拦得溪声日夜喧。
>等到前头山脚尽,
>堂堂小溪出前村。

你的朋友都远之戊戌春月清平一心

"我的朋友"胡适之（局部）

「我的朋友」胡适之·2018年（50cm×69.5cm）

寻碑图·2017 年(45cm × 42cm)

——这又是多么的坦荡与凛然？

1999年季羡林先生去台北讲学，特地前去谒见胡适先生墓。回来之后，写出了饱含深情的散文《站在胡适先生墓前》。季先生这样写道——

  我现在站在适之先生墓前，心中浮想联翩，上下五千年，纵横数千里，往事如云如烟，又历历如在目前……我站在那里，蓦抬头，适之先生那有魅力的典型的"我的朋友"式的笑容，突然显现在眼前，五十年依稀缩为一刹那，历史仿佛没有移动。

——历史移动了吗？

2018年6月14日，于泊心堂

黄宾虹的「山河情怀」

丁酉年我回故乡,利用一次讲学的机会,去看了黄宾虹在安庆就读过的敬敷书院。这所书院落成于1897年,地址就是后来的安徽大学堂,即现在的安庆师范大学老校区,紧挨着菱湖公园。建筑的遗迹还在,修缮一新,但已经看不到什么名堂了,去看,无非是对黄先生的缅怀,毕竟他到这里住过。

1897年,恰巧也是农历的丁酉年,黄宾虹34岁。他以高才生的身份被郡守推荐入院深造,然而心思并不在读书上。不久,他便过江去了对面的贵池,见到了钦慕已久的谭嗣同,相投甚契,所谈内容无外变法。但是第二年,戊戌变法失败,谭嗣同殉难,黄宾虹作了一首悼念的诗,遂离开了敬敷书院,走自己的路去了。从黄宾虹的简历看,他的前半生首要的工作不是书画,而是革命。他做过很多反清的事情,因此有革命党的嫌疑,遭到清廷的监控与通缉。某种意义上,书画其实是作为革命家的黄宾虹革命间歇时的一种自我调剂,

宾士初造像 戊戌春月 涛羊郭写

坐看云起·2017年(47cm×68.5cm)

坐看云起(局部)

或者是挫败后的一种自我排遣。所以我认为,后来成为一代宗师的山水大家黄宾虹,与其他山水画家最大的不同,是他的山河情怀——国家兴亡、民族安危是他持久的忧虑,他笔下的山水应是另一派景象。山河、山水,一字之差,却是霄壤之别,这是我一孔之见。有人指出,无论是黄宾虹黑、密、厚、重的画风,还是浑厚华滋的笔墨,皆蕴涵着中华民族自强不息、厚德载物的伟大精神,这话有些牵强,往大里说了,我不敢苟同。我只是认为,作为一个画家,他眼中的山水是山河的一个缩影,是有所寄托的。

黄宾虹原籍安徽歙县,1865年生于浙江金华,卒于1955年。原名懋质,名质,字朴存、朴人,亦作朴丞、劈琴,号宾虹,另外还别署予向、虹叟、黄山山中人等。他基本上是活在民国时期。我在读黄宾虹作品时,技法上最突出的感受是他的融会贯通——他对中国传统绘画的研习,是一般画家所不具备的。但他的研习又有其独特的方法。他说过:"先摹元画,以其用笔用墨佳;次摹明画,以其结构平稳,不易入邪道;再摹唐画,使学能追古;最后临摹宋画,以其法备变化多。"这里的宋画,除了北宋的几大家外,还含有五代的荆浩、关仝、董源、巨然诸家。1941年他曾在自己一幅山水作品上题诗:"宋画多晦暝,荆关灿一灯;夜行山尽处,开朗最高层。"无疑,学问高深的黄宾虹所作属文人画。所谓的"文人画",是与"宫廷画""工匠画"相对立而提出,但很多人把它与文人的画混为一谈,看重的是作者的身份,却忽视了作品的内涵。文人画除了强调它的诗情画意,诗、书、画、印的完美结合,还在于它的书写性——西画是画出来的,而中国画则是写出来的。从黄宾虹这一独特的习画步骤可以看出,他最先注重的是笔墨,强调的是书画同源,以书入画,笔笔有所交代。中国画的写,笔有轻重缓急,墨有干枯浓淡,见笔见墨,在我这里一直是判断一张好画的重要标志。前段时间看到方增先对全国美展的评价,说"缺笔"严重,言下之意就是看不到笔墨，一些看上去颇为壮观的作品大都是描摹出来的，这便违背了中国画的精神。我非常同意这一观点。当年吴冠中一句"笔墨等于零"至今被人诟病，有人反驳：没有笔墨等于零。吴冠中致力于中西画的融汇，但不管怎么融，"笔墨"这两个字是绕不开的，字画为作者心迹，笔墨必然有所显示。所谓"外师造化，中得心源"，其中的差异是后四个字，便是作者的学识与修为。一些研究者从黄宾虹作品里悟出了篆籀用笔，看出作品所散发的金石气，这在吴昌硕作品里也能见到，但吴的学识与修为远在黄之下。

近现代绘画史上，有"南黄北齐"之说，这种说法最具权威性的，是傅雷。1944年上海举办了"黄宾虹八秩诞辰书画展览会"。这次展览，是由傅雷与表姐顾飞（黄宾虹入室弟子）、裘柱常夫妇共同署名发起的。其时上海已经沦陷多年，在傅雷等人的不懈努力下，画展获得了巨大成功。傅雷亲自撰写近五千言的《观画答客问》，以这种形式阐释黄宾虹作品的特点、笔墨、艺术风格和文化精神，虽带有一定的偏爱，但至今读起来仍不乏精辟之处。近读《傅雷书简》，其中对黄宾虹有这样的评价——

> 以我数十年看画的水平来说，近代名家除白石、宾虹二公外，余者皆欺世盗名；而白石尚嫌读书太少，接触传统不够，他只崇拜到金冬心为止。宾虹则是广收博取，不宗一家一派，浸淫唐宋，集历代各家之精华之大成，而构成自己面目。尤其可贵者他对以前的大师都只传其神而不袭其貌，他能用一种全新的笔法给你荆浩、关仝、范宽的精神气概，或者是子久、云林、山樵的意境。

> 他（指黄宾虹）的写实本领，不用说国画中几百年来无人可比，他的概括与综合的智力极强，所以他一生的面目也最多，而成功也最晚，

夜山一堂　戊戌春月　潘川心

> 六十左右的作品尚未成熟，直至七十、八十、九十，方始登峰造极。我认为在综合前人方面，石涛以后，宾翁一人而已。

黄宾虹与傅雷年纪相差四十三岁，却因画成为忘年之交，也成就了中国文化史上的一段佳话。

或许因为视力不济，黄宾虹晚年成为"黑宾虹"——墨是越积越多，画越画越黑。他的一些作品感觉都是停留在"半成品"状态，仿佛可以无限制地叠加上去。画法也看似凌乱，随意性很强。但是，随着笔墨的不断叠加与渗化，满纸烟云，天地浑然，飘逸与厚重对立而统一。这或许就是他心中企求的那种"深厚华滋"吧？看这些作品，你会觉得黄宾虹是在借笔墨宣泄自己内心的情感，其作为创作过程的意义远远大于创作结果。明代画家恽南田说过："须知千树万树，无一笔是树；千山万山，无一笔是山；千笔万笔，无一笔是笔。有处恰是无，无处恰是有，所以为逸。"这段话用于评价黄宾虹，我觉得十分恰当。

我有一位画家朋友，他的山水也是学黄宾虹，而且还经常出去写生。我看了他的画，说学黄宾虹的山水，从形态上接近，并不难——这样的画现在能见到很多。但是，仅有形态的似终是没有意义，学黄宾虹，无疑还是要学他的笔墨。黄宾虹一生勤奋，游历名山大川去写生，但是他的写生并非写实，而是进行了"主观整理"——这是我个人的提法。黄宾虹的写生

山雨欲来·2018 年（46cm×69cm）

稿或者课徒稿，线条是灵动的，形体同样是灵动的。反观另一些画家，所作写生完全写实，甚至可以说是在用毛笔画素描，也就索然无味了。

当年傅雷在《观画答客问》中，以古人"看画如看美人"之说，对黄宾虹作品的魅力有充满诗意的阐述：

> 美人当中，其风神骨相，有在肌体之外者，所以不能单从她的肌体上着眼判断。看人是这样，看画也是这样。一见即佳，渐看渐倦的，可以称之为能品。一见平平，渐看渐佳的，可以说是妙品。初看艰涩，格格不入，久而渐领，愈久而愈爱的，那是神品、逸品了。美在皮表，一览无余，情致浅而意味淡，所以初喜而终厌。美在其中，蕴藉多致，耐人寻味，画尽意在，这类作品，初看平平，却能终见妙境。它们或者像高僧隐士，风骨嶙峋，森森然，巍巍然，骤见之下，拒人于千里之外一般；或者像木讷之士，平淡天然，空若无物，寻常人必掉首勿顾。面对这类山形物貌，唯有神志专一，虚心静气，严肃深思，方能于嶙峋中见出壮美，于平淡中辨得隽永。正因为它隐藏得深沉，所以不是浅尝辄止者所能发现；正因为它蓄积厚实，才能探之无尽，叩之不竭。

这段话，实际上也是讲审美关系，创作者与欣赏者之间的那种高山流水般的默契。多年前，我在谈小说创作时，曾打过一个比方：好的小说是茶叶，读者是水。上品的茶叶和适度的水组合一起，才能沏出一杯好茶。这话用于读画，也应该是适合的。

2018年5月8日，于泊心堂

画家漫说

一

1944年傅雷等人在上海举办"黄宾虹八秩诞辰书画展览会",并以《观画答客问》的形式予以推介,其中有这样的话——

> 以我数十年看画的水平来说,近代名家除白石、宾虹二公外,余者皆欺世盗名;而白石尚嫌读书太少,接触传统不够,他只崇拜到金冬心为止。

中国现代美术史上"南黄北齐"的说法,应由此而来。傅雷是为了介绍黄宾虹,才顺便提及齐白石,并且还认为他"读书少,接触传统不够"。不过这也是事实,齐白石出身贫寒,本是一乡间木匠,用他自己的话说是"穷人家的孩子，能够长大成人，在社会上出头的，真是难若登天"。1919年，五十五岁的齐白石在北京结识了大画家陈师曾，"晤谈之下，即成莫逆"。那时期齐白石生活潦倒，居无定所，在几处"庙产"借宿。后陈师曾去日本办展，也带了些齐白石的作品，不料均以高价售出，一举成名。

傅雷没有说错，齐白石的画，主要是受明清画家的影响。有他本人的诗作为证——

> 青藤雪个远凡胎，
> 缶老衰年别有才。
> 我欲九泉为走狗，
> 三家门下转轮来。

诗以咏志，诗中提及的徐渭、八大山人和吴昌硕，都是齐白石的偶像。尽管齐白石如此表白，上海的吴昌硕还是不屑一顾，说"北方有人学我皮毛，竟得大名"。齐白石并不生气，专门治了一方闲章：老夫也在皮毛类。算是反唇相讥了。但齐白石最大的遗憾恰恰就是与吴昌硕靠得太近。今天看他的某些作品，感觉像是在临摹吴昌硕——无论是用笔、构图、设色乃至题款、印章，无一不像。陈师曾倒是鼓励齐白石创新的，曾有诗赠曰"画吾自画自合古，何必低手求同群"，这对齐白石是重要提醒，也正合他的心思。所以，虽然齐白石继承了吴昌硕的恣意洒脱，篆籀用笔，但齐白石是做完加法再做减法，逐渐从吴昌硕那里剥离出来，他也有自己的"衰年变法"，之后便画出了很多简约的东西。木匠出身的他，好比把一截木料砍成了桌子腿，而不是刨；他的笔墨具有高度的概括性。这一改变，提升了作品的格调——如果说吴昌硕的画具有一份金

巨匠白石·2018 年(44.5cm × 70.5cm)

巨匠白石(局部)

石气,那么,齐白石的画就具有人间的烟火气。齐白石之所以成为大家,是他的作品里有一份难得的稚气和天真,大巧若拙。这种"似与不似之间"的神韵与美感,在吴昌硕那里是看不见的。仅此一点,齐白石就超越了吴昌硕。

现在有人在推四川的陈子庄,说他是"中国的凡·高",无非是说他生前默默无闻,死后无比荣光。我看过陈子庄不少画,基本上还是从吴昌硕、齐白石这儿来的,属于自己的东西不多,即使有一点,也远达不到"光辉灿烂"——陈子庄生前说:"我死后,我的画会光辉灿烂。"他很自信,但愿时间能做出合理的解释。

二

最近香港苏富比拍出了黄宾虹的一幅《黄山汤口》,成交价为3.4亿人民币,于是黄宾虹再次成为画界的焦点与市民的谈资。

黄宾虹的一生很有传奇性,年轻时热衷革命,积极参与反清活动,这一点和蔡元培相似。革命不成,锐气受挫,就一门心思去画画了。我曾经提到过黄宾虹的"山河情怀",窃以为,黄宾虹作品显示出的那份厚重与奔放,应与骨子里的这种革命精神有关——山河、山水,一字之差,却是霄壤之别。

喜欢黄宾虹是近十年的事。以前我觉得他的山水

东坡仙子 戊戌春月清石写於山

是旧山水，有一种仿古的感觉。后来读古画，从宋到清，忽然觉得黄宾虹成了一个导读，古画里的一些东西，似乎都在黄宾虹作品里若隐若现。再看其灵动的笔墨，看似随手拈来，却笔笔讲究，华滋深厚。与其他"新山水"画家一比较，就觉得黄宾虹很了不起，有凌虚高蹈之感。黄宾虹晚年的作品很"黑"，但依旧能从厚重中看到飘逸——这种对立又和谐的关系，别人弄不了。黄宾虹影响过很多人，但是得其精髓者不多，倒是仿造他的不少。我就遇见过一位专门仿制黄宾虹的仿家。这个人很有趣，他说之所以仿制作赝，是因为学黄宾虹太难。他说宾翁八十岁以后的积墨，一层层加，不知加了多少回，一张画有好几两——这种表达很吸引我！此人曾经把仿造的赝品拿到拍卖市场竞价，竟也拍出过好价钱。润格是论尺的，后来他心大了，居然作了一张六尺整张的，结果被揭发——黄宾虹一辈子没有画过这么大的尺幅，顿时就穿帮了。但是人家一点不怯，反倒理直气壮：世上的《兰亭》哪个不是赝品？哪个不是无价？

三

大学时代，我是学校书画社的社长。入校第二年，我写了一个电影剧本《徐悲鸿》，受到长春电影制片厂的重视。为此我利用暑假专程去北京采访了徐的遗孀廖静文，她热情地接待了我，送我一册《徐悲鸿素描》，后来我们还互通了几封信。正巧徐悲鸿和前妻蒋碧薇的女儿徐静斐就在安徽农学院当教师，我也经常去她家采访。所以说，徐悲鸿是我了解中国现当代美术的一个窗口。

徐悲鸿一辈子致力于中西画的融会贯通，他是康有为的入室弟子，也是最早一批学画的官派留洋生，两方面造诣都有。但是1949之后，作为中国美术的掌门人，徐悲鸿和刘海粟等人关系一直闹得很僵，耽误了正事，心情也搞坏了,也偏离了一个画家的本质。徐悲鸿主张把素描引进国画的造型,这是个大胆的尝试,影响了几代人。

现在大众谈起徐悲鸿就是他的马,无形中,马成了画家徐悲鸿的符号。其实我倒觉得他的猫画得更好,神气,生动,笔墨气韵也好。徐悲鸿画得不好的是人,每张脸都是他本人的脸,与同一时代的蒋兆和差距明显。当然,蒋兆和也就是那幅《流民图》了,其他的作品,包括我认为不错的《阿Q像》,都无法与之相比。对此我一度很困惑,为什么只有一幅残缺的《流民图》?每次读这画,不敢相信是七十多年前的产物,这不仅是蒋兆和的代表作,也是一个时代人物画的代表作。陈丹青说《流民图》是"二十世纪中国最伟大的人物画",我是完全同意的。但是蒋兆和仅此一幅,实在遗憾!这应该与《流民图》的遭遇有关。1941年蒋兆和在北平创作《流民图》,曾得到汉奸殷同的资助,这个"历史包袱"压着他一辈子抬不起头来,他还能画什么?

我一直认为,徐悲鸿是书法大家,他师出康有为,碑学功底深厚,融篆隶于行楷,横平竖直,长撇大捺,气势开张,苍厚遒劲,颇具古朴典雅之气,尽得北碑风神。我觉得他的书法成就高于绘画。

吴冠中说,徐悲鸿不懂美,这个我不能接受。徐吴都是江苏宜兴人,莫非带有门户之见和文人相轻?吴冠中这话过于自大,也轻佻。至少,我觉得徐悲鸿的笔墨是远远好过吴冠中的——吴说"笔墨等于零",这个观点我也不能同意。中国画不讲笔墨,还讲什么?于是有人就怼了上去——"没有笔墨等于零"。其实,吴冠中的艺术成就并不高于徐悲鸿,他无非就是以中国画的章法来画西画,或者用西画的某些处理来画中国画,来回串。他的画在市场上受到追捧,拍出过很高的价格,但不等于说他的画多么好。徐悲鸿的价码似乎更高吧?不少明星的价码惊人,但未必是好演员。如今有个叫崔如琢的一直在标榜

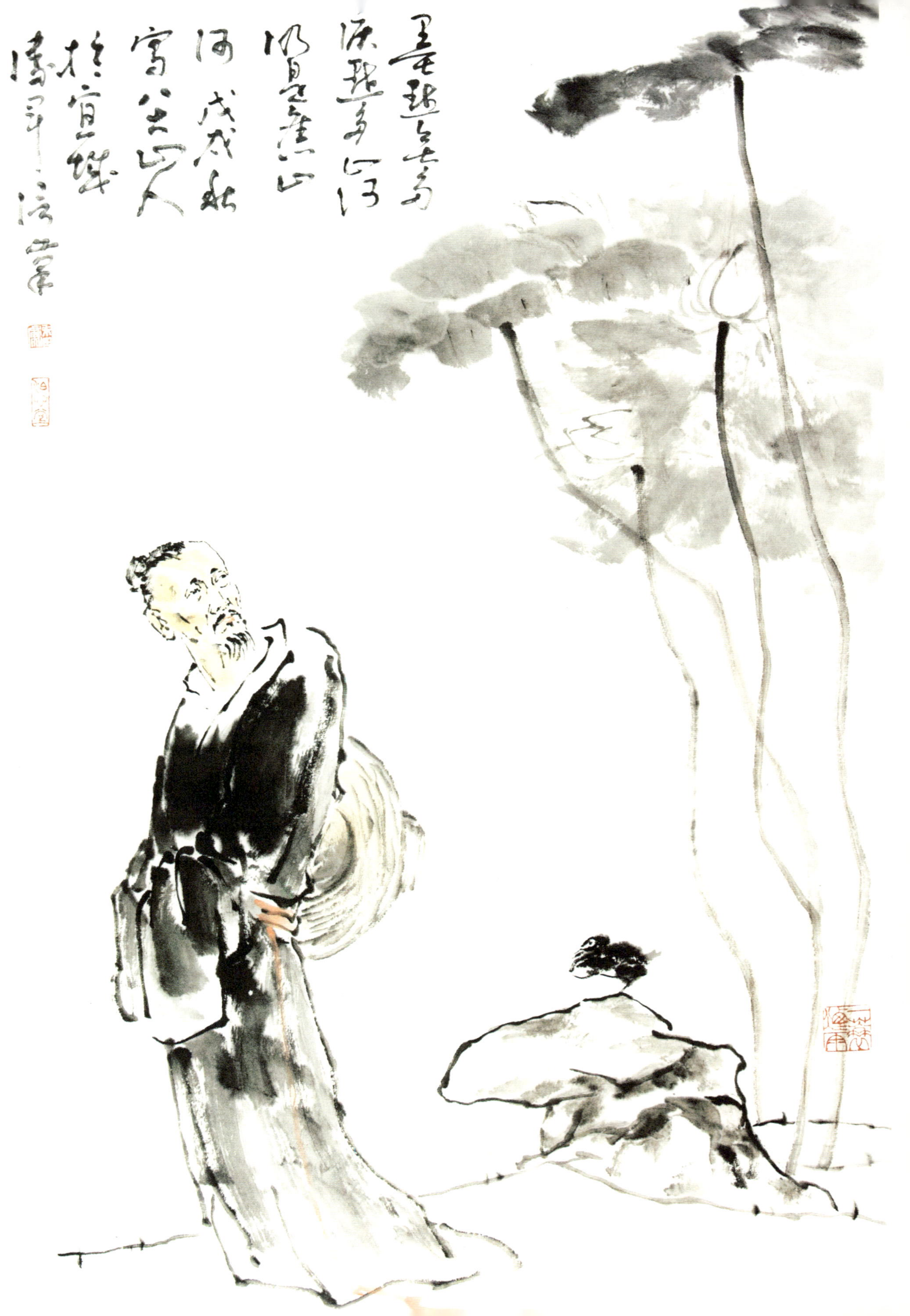

自己是活着的艺术家拍卖价格最高者,并预计很快超过毕加索,又能说明什么呢?

四

由徐悲鸿的马想到黄胄的驴。黄胄的驴,历来为民间推崇,业内人士也没有多少闲话,可谓雅俗共赏。但是也很遗憾,某种程度上,黄胄的驴遮蔽了其人物画的成就。驴挡了人的路。中国画人物画,黄胄的出现是一次高峰。黄胄最大的贡献,是把速写的笔法引入了人物画领域。黄胄的速写功底深厚,抓形能力强,线条灵动,富有生气。这种随意性的线条与墨色融为一体,显现出崭新的气象,气势磅礴。不按常规出牌,反倒显现异彩,这就是黄胄!

黄胄的人物画前无古人,却后启来者,影响了不少画家,比如史国良。但是都不具有超越之势。线条、笔墨,直接影响到一幅作品的精神气质,而这些又是训练有限,多凭天赋。

自从徐悲鸿等人把西画的素描引入中国画人物,便造就了不少这种路子的画家。比如广东的杨之光。"文革"时期,杨的一幅《矿山新兵》影响很大。同一时期的还有浙江的方增先。我最早接触到方增先的作品,是《说红书》和《粒粒皆辛苦》，后来又看见了他为浩然小说《艳阳天》所作的全套插图。方增先是重视笔墨的，也考虑变形，所以他后来从浙派人物画中脱颖而出。西安的刘文西，人物画的素描功夫好，造型扎实。但笔墨不好，谈不上以书入画——事实上，书法一直是刘文西的短板。刘文西的笔墨变化极少，基本上都是中锋用笔，加上所画对象一直是领袖与老农，看久了，就觉得多有重复感。倒是同城的王子武，作品虽然不多，但有品。至于范曾的人物画，一直就是任伯年的线、潘天寿的景加上他自己的脸，从来就没有喜欢过。范曾的可爱在于他的自我标榜，他喜欢成为热点人物，成为话题，当然这也是一种活力。

五

黄冑之后，对人物画有突出贡献的，当是卢沉、周思聪夫妇。二人是李可染的弟子，李可染的人物画不多，但很有特点，他的人物都有适度的变型，笔墨看似随意，其实很有讲究。这与徐悲鸿、蒋兆和完全写实大不相同。徐、蒋都是将西画的素描引入中国画人物，在人物的面部、手部皴擦出素描关系，过于强调形似就等于失去了神似，也就失去了生命力。尤其是李可染笔墨的运用，对卢、周二人很有启迪。我看过卢沉的一本谈水墨画的小册子，其中很多地方都在说李可染的线条和笔墨。卢沉和周思聪有坚实的写实基础，加上导师在笔墨上的点拨，一下就甩开了同辈人。卢沉是一位极具头脑的画家，善于思索，也精于归纳。他的人物画作品，无论是造型还是笔墨，都是有味道的。他说有一个时期十分迷恋关良的戏曲人物，喜欢那种稚拙美。周思聪最初是傍着卢沉，她的有些作品，比如少数民族姑娘、儿童，都带有卢沉的影子。二人也常有合作，称得上是琴瑟和鸣。但卢沉后来一味去画醉汉，古人醉今人也醉，一醉方休，就显得单调了。倒是周思聪的探索走得更远，她后来画的彝族妇女和孩子系列,与以前偏重写实的人物完全是另样面目,趣味天然。周思聪的大写意墨荷,也很独到,笔墨蕴含着浓郁的情感与诗意。遗憾的是,这对画家伉俪走得太早。2010年5月,我在北京看过他们夫妇作品的合展——"沉思墨境",面对他们的杰作,我有一种悲凉之感。有人称周思聪是中国历史上自李清照以来最好的女性艺术家,姑且不论这种定义的合理性,但能看出一份对周思聪的深切爱戴与认同。

2018年6月18日,于泊心堂

故乡·朋友·文人画

我每次回故乡安庆,都怀着一个非凡的乐趣,就是又有机会亲近笔墨,写字作画了。安庆地处长江中游的北岸,历史上算是不大不小的古城。这块土地上从前出过中共的第一任总书记陈独秀,当代也出过"两弹元勋"邓稼先。但我记忆中最为亲切的,却是两百年前的几位徽班鼻祖,如程长庚、杨月楼等,还有大书法家、金石家邓石如。或许正是这样的地域原因,经济虽不发达的安庆,似乎至今还散发着一种文化的雅致。倘若从书法上看,安庆就有不少"拿得出去的"人物,去老街上走一遭——以前有条墨子巷,你会看见不少令你驻足的匾额。这份安慰,对我而言,比妇孺皆知的黄梅戏更大。

市文联副主席金海涛是我二十几年的朋友,他是剧作家,早年写过电影《月亮湾的笑声》广为人知。最近几年老金在写作之余练书习字,钟情明代才子董其昌。所以我一到,必定要借他家那块宝地,汪洋恣肆一番。没有带印,海

浣溪沙·2018年（46cm × 69.5cm）

涛便临时安排朋友为我赶制，并且还让出自己两方心爱的闲章。我习书画，纯粹自学，也纯粹是业余，充其量算是"票友"。既为票友，就会放松、放纵、放肆，无须顾忌专家的评点，也没有舆论的压力。我相信，书画为性情表达手段，信手挥毫，涉笔成趣，天机一发，也许偶得佳品——无论专家怎么看，我都敝帚自珍。但在安庆期间作下的所有字画我都没有得到，被朋友拿去补壁了，算是抬爱。

另一位画友唐罡是我的新交，但十五年前，我就知道这个名字。那时我的单位安徽省文联的杂志《艺术界》和《清明》上，发表了唐罡的书法作品。匆匆一眼，就给我留下了深刻的印象。我欣赏书画作品历来只凭直觉判断。在我看来，唐罡的字，最可贵的是一份稚拙之气。这无论从结体上还是用笔上，都不难看出。书家，最怕的是碑帖带来的匠气，难得的是这份天然的稚拙之气。画家何不如此？

去年夏天，我回故里省亲会友，

古刹低语·2016年（46cm×56.5cm）

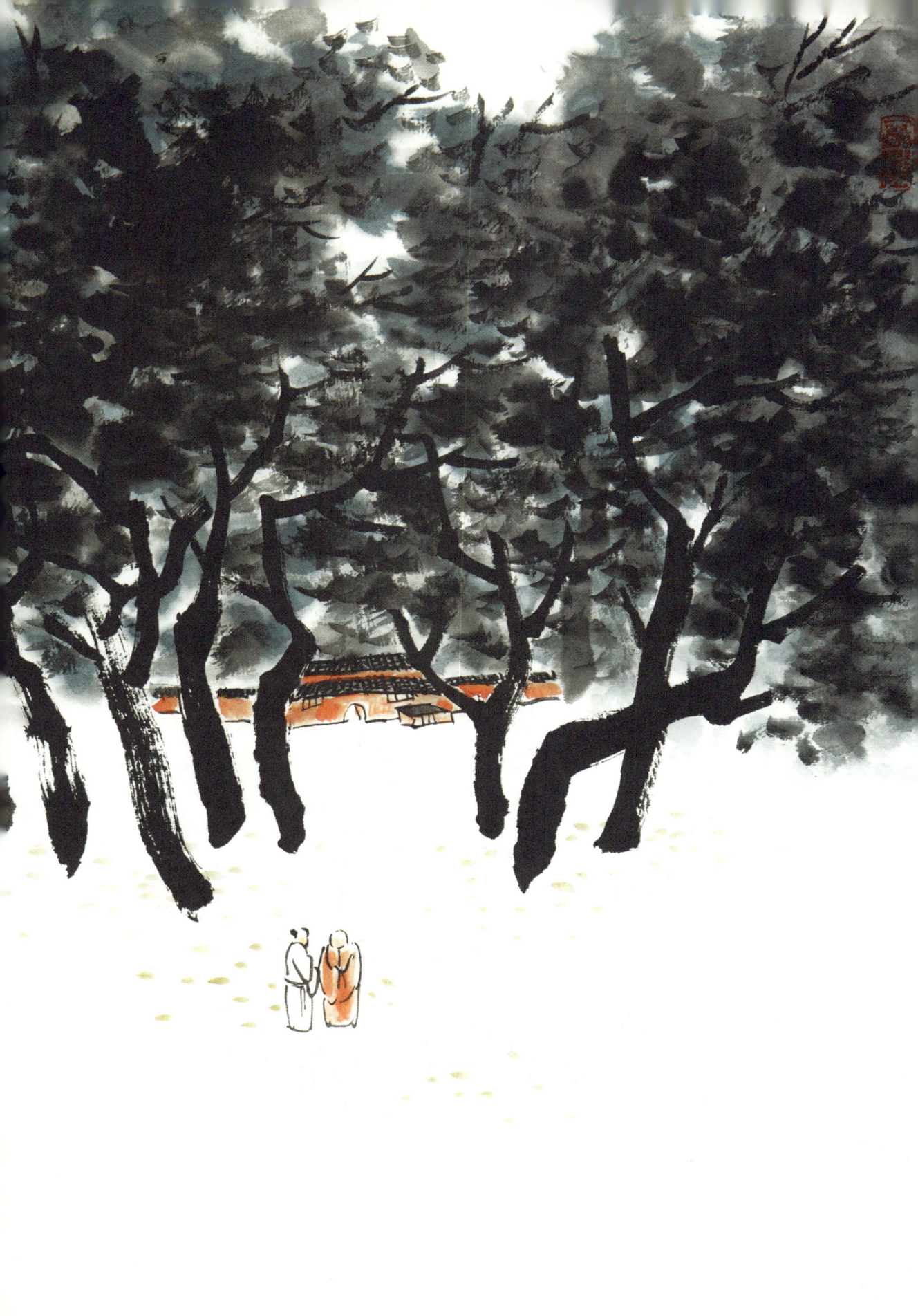

落霞与孤鹜齐飞·2017年（43.5cm×70cm）

又是海涛提议，邀请老唐和我，在他家里举行一个小型的书画笔会。那是个阳光明媚的上午，我和老唐第一次见面了。简短的寒暄之后，笔会闲散地开始。我起笔画了湖泊和沙丘，老唐视察之后，果断地在近景位置添上了两株老柳，绿色一染，气氛浓郁。这张大写意就这么一挥而就了。谈不上多好，但很快乐。

或许因为作家身份，朋友都称我的画为"文人画"。其实文人画与文人身份没有多大关系，文人画也不是"文人"和"画"的叠加。"文人画"这个称谓，最初是由明代的董其昌提出的，但追溯可以到汉，至唐宋，已很发达。它的精髓之处，是主张让中国画进入一个诗、书、画、印相通交融的境界。画中有诗意，有墨趣，有性情，有思想。无论是唐之王维"以诗入画"，还是宋之苏轼"以书入画"，为的都是这个，与当时的民间工匠画和宫廷绘画有着显著的不同。随着时代的发展，所谓文人画实际上已经演变成了一个文人表达主观情怀的载体。倪瓒讲"自娱"，顾恺之讲"形神"，本质上是一致的，都是在力图寻求一种与自然亲近的方式，抒发自我的情怀。"元四家"之一黄公望的《富春山居图》，是他晚年的作品，那种随意的勾勒与点染，已经与自然浑成化境，笔简而气

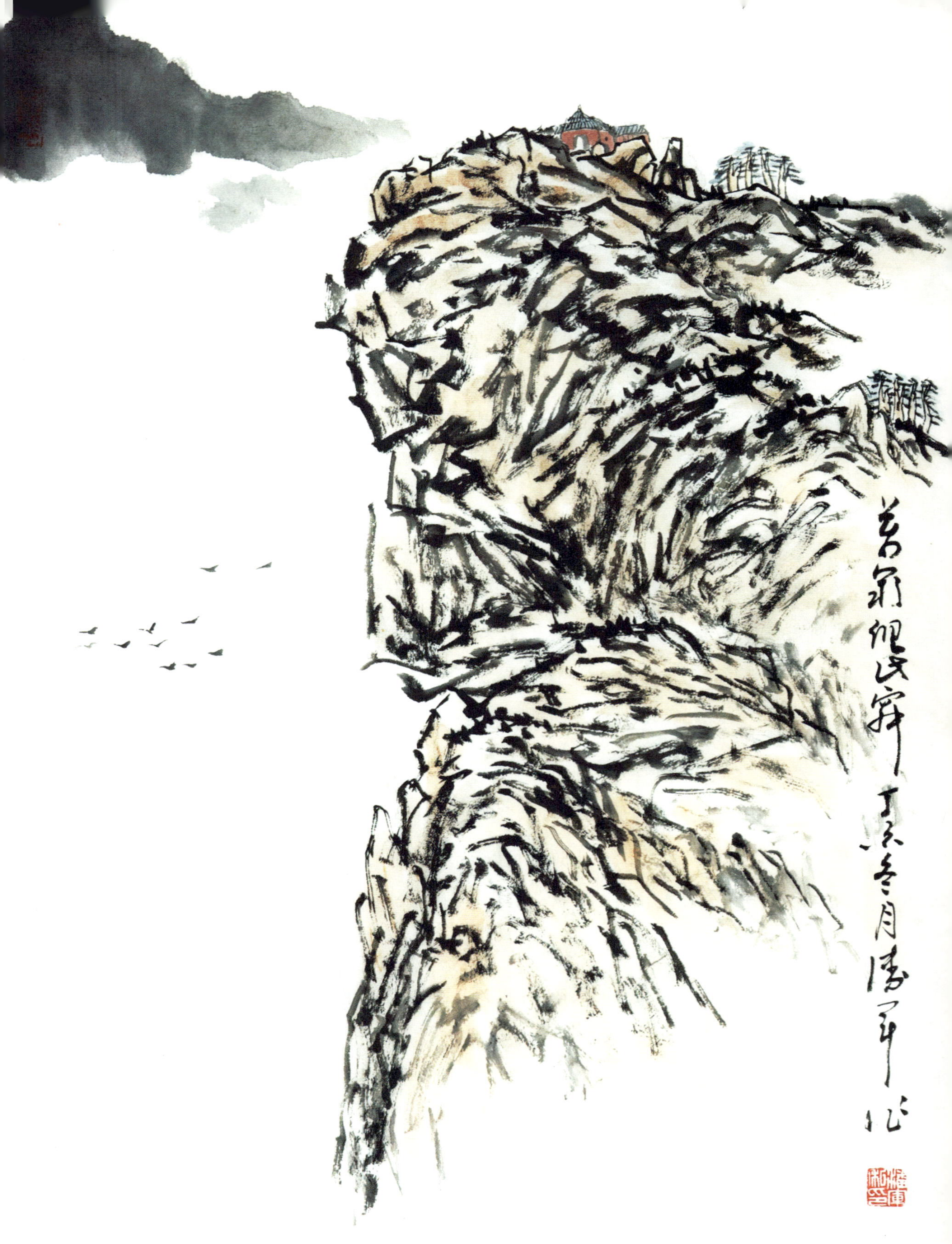

壮,笔不周而意周。

按陈衡恪(师曾)的解释,文人画"不在画里考究艺术上的功夫,必须在画外看出文人之感想。此之,所谓文人画或谓以文人作画,知画之为物,是性灵者也,思想者也,活动者也,非器械者也,非单纯者也"。无疑,陈师曾重视的是文人画的精神与品格,轻视的是那种匠气与呆板的技法。或者说,文人画是画中带有文人的情趣,画外散发出文人的思想,这样的文人画方为上品。仅就技法而言,我喜欢石涛的简约,八大的恣肆,吴昌硕的洒脱,齐白石的天真。我相信"法自我立",追求手心相应,落笔成趣。

书画同源。李苦禅老对二者的关系,曾有高屋建瓴的概括。他说:"书到高时是画,画到高时是书。"这是一般人难以企及的境界。以我的理解,苦老这两句话博大精深,既有艺术的辩证法,又含审美的原则。我在谈到小说或文章时,也曾说过,好的文章都是先做加法,后做减法。前者讲的是积累,后者讲的是提炼。从前看齐白石,不觉得妙;如今读来,妙不可言。我看出了大师的性情与笔墨趣味,知道了一种大巧若拙的美。但凡文学艺术创作,朴素的美终是大美。

陈师曾在谈到文人画的要素时这样指出:"第一人品,第二学问,第三才情,第四思想。具此四者,乃能完善。"可见,这已经不是画的境界了,而是人的境界。

2006年1月15日,于北京寓所

纪念海子

我和诗人海子是同乡,都是安徽怀宁人。他的家,在如今县城所在地高河镇附近,一个叫查湾的村子。海子本名查海生,十五岁便以优异成绩考入北京大学法律系。但他为人所知,还是因为他是个诗人。北大当年有三诗人——海子、骆一禾和西川。2006年,那一年是"中俄文化年",我受邀去哈尔滨与几位俄国作家开一个对话会。中方作家里就有诗人西川。此行是乘火车,所以一路上我们时常谈起海子,更确切点,是谈到他的死。传闻中,海子是因为失恋而轻生的,我不大相信。西川说,原因很复杂。但同时他也说"那个女孩,海子挺在乎"。

大约是1988年秋天,我在合肥与海子见过一面。当时他是回家探亲,返程途经合肥,便由合肥的一位同行陪着来我寓所见面。或许因为初见吧,他显得有些拘谨,并没有过深的交流。毕竟行当不同,我只说,在《十月》上看到过他的一首长诗,甚至还记得其中"血还给母亲,肉还给父亲"。他说:"太阳。这首诗的名字就叫《太阳》"。后来我才知道,海子计划要写的是一部大诗,题目就叫《太

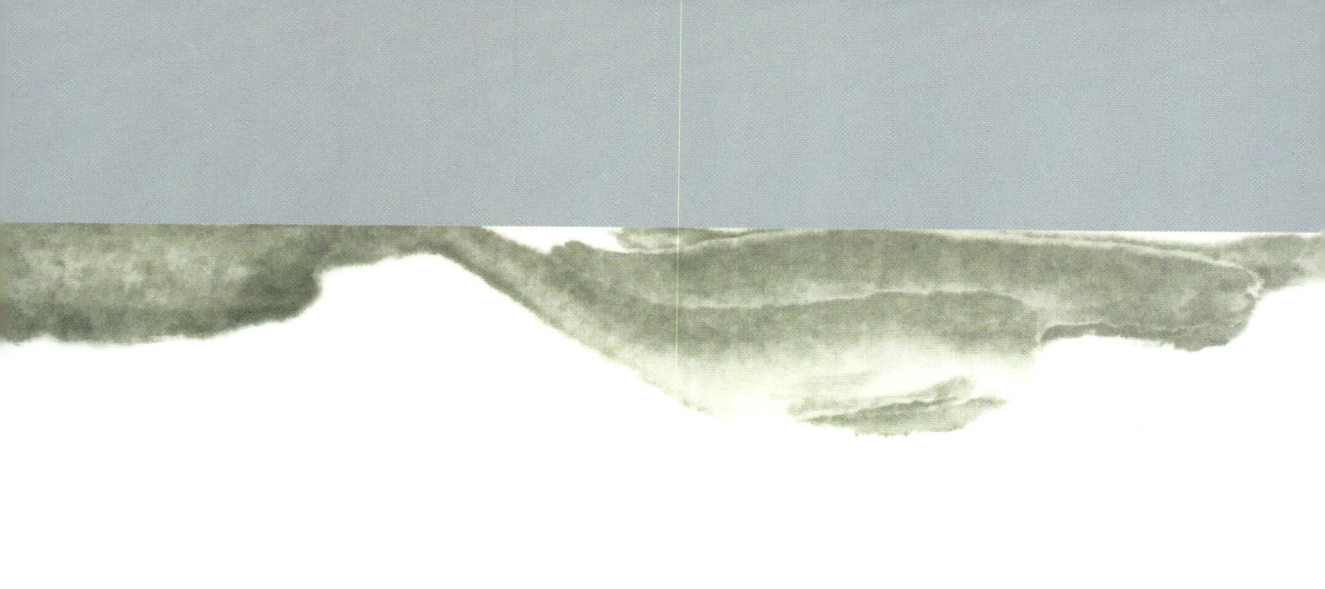

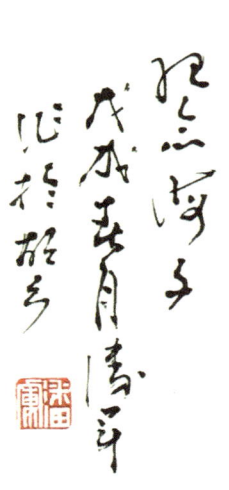

纪念海子·2018年(31.5cm × 31.5cm)

阳·七部书》,诗剧体,是一个庞大的工程。二十世纪八十年代,无论是小说界还是诗歌界,都具有探索的精神。小说界出现了先锋小说,而诗歌界则出现了不少长诗,比如杨炼的《诺日朗》《敦煌》,江河的《太阳和它的反光》等,这些诗歌都在追求宏大叙事。海子自然也在这一阵营之中,可以感觉到他当时追求"大诗"的愿望,是相当强烈。不难看出,海子的《太阳·七部书》是受到了歌德《浮士德》的影响。西川说,海子是极为推崇歌德的,他认为以歌德为代表的德国浪漫派的诗歌传统,称得上世界级的文学。但是西川又说,歌德写《浮士德》,前后花了六十年啊!这项工程,对于年轻的海子,其实是艰巨而耗尽心血的。

合肥的那一次简短的交谈,中间发生了一件事,当时我女儿潘萌才一岁多点,哭闹得厉害,但是来了生人,孩子就不哭了,好奇的大眼直盯着海子。海子就说:我抱抱。我就把女儿递给他,看得出,他是喜欢孩子的。

这是我们唯一的见面。这以后我开始关注海子,只要期刊上遇见他的作品,我都会读。其实我对诗歌是外行,真正读海子的诗,是在他死之后。死这一事实,扩大了海子和海子诗歌的影响。

1989年3月的一天,我在江南的芜湖。当时是在安徽师范大学的一位青年教师家喝茶。忽然就接到了一个电话,是那一次陪同海子来我家的那位诗人打来的,他说,海子死了,今天在山海关卧轨……

我听着就感觉头皮发麻,手脚冰凉,耳朵里响起的就是海子的那两句"血还给母亲,肉还给父亲"。我记不清当时在电话里自己说了些什么,或者什么也没说。放下电话,我有些难过地告诉了边上人,说海子去了。大家都很愕然。原本的谈话也就此中断,一阵沉默让那间不大的屋子显得十分空洞。我忽然对朋友说:我想作一幅画。朋友很快便从艺术系教师那里借来了笔墨和纸,就在他家的餐桌上,我画了一幅《风雪夜归人》。在场的人都知道,我在以这样的

雪霁·初晴·2018年(44.5cm × 70.5cm)

方式哀悼着刚刚离世的海子,却不知道为什么要画这样的图景。我没有说什么,我什么也不想说。但这张画,留在了朋友家里。

十五年后,潘萌完成了她的第一部长篇小说《时光转角处的二十六瞥》,其中一章写到了海子的死:

> 在我看来,他的死亡本身就是其诗性的一次绽放,一次成就,山海关的一跃,本身就是诗歌。

今年3月26日,就是昨天,是海子辞世二十九周年。

已经回到故乡的我,在这个阴晦的上午,再次想到了年轻诗人的死。我们是同乡,我为家乡能出现这样一位天才的诗人感到骄傲。这一天我原本是打算去海子墓前看看的,跟他聊几句,但是据说市里和县里的文化机构已经安排了一次声势浩大的祭奠活动,我并不喜欢这样的隆重与热闹,海子也该是不需要的。于是,我再次拿起了一管毛笔,画了这幅《纪念海子》。和二十九年前一样,我依旧是画下一片苍茫的雪地,但是行走的那个渺小的身影,已经不再是归,而是去——那是行者的背影,一意孤行,渐行渐远,然而即使他走得再远,也不会走出我的梦境。

我要画下以梦为马的诗人和远方。

我要一片圣洁代替一场惨烈。

昨天,我便将这幅画贴到了"朋友圈"里,很多朋友转载了,并一同转载了上面这句话——"以一片圣洁代替一场惨烈"。

海子,我喜欢闲时读读你的"面朝大海,春暖花开",你在那边可好?

2018年3月27日,于泊心堂

怀念与哀思
——悼汪滪

很多年了,新年的到来于我就没有过一点兴奋,反倒有些许的沮丧。昨夜的故乡安庆,听不见一声辞旧迎新的爆竹,窗外又是纷飞细雨,让人倍感清冷孤寂。在这样的气氛中来到2018,打开手机,与往年不同,没见多少祝福新年的信息,倒是跳出了触目惊心的一句:汪滪昨天车祸遇难!

是成都余其敏发来的,她是老汪多年的伴侣。我赶紧给她拨去电话,不等她开口,我已先说:今天是元旦,不是愚人节,不能开这种玩笑。但是电话的那端已经是泣不成声了!

竟是真的!我后来从别人的文章里知道,老汪是在攀西高速回成都的途中,因车辆电瓶失电,在应急道上等候之际遭遇了后面莽撞的大货车……

如此的突然与惨烈,让我一整天都魂不守舍。老汪仅长我两岁,就这么突然走了,我无法接受。我与汪滪相识于1999年。当时邂逅于北京一次朋友的

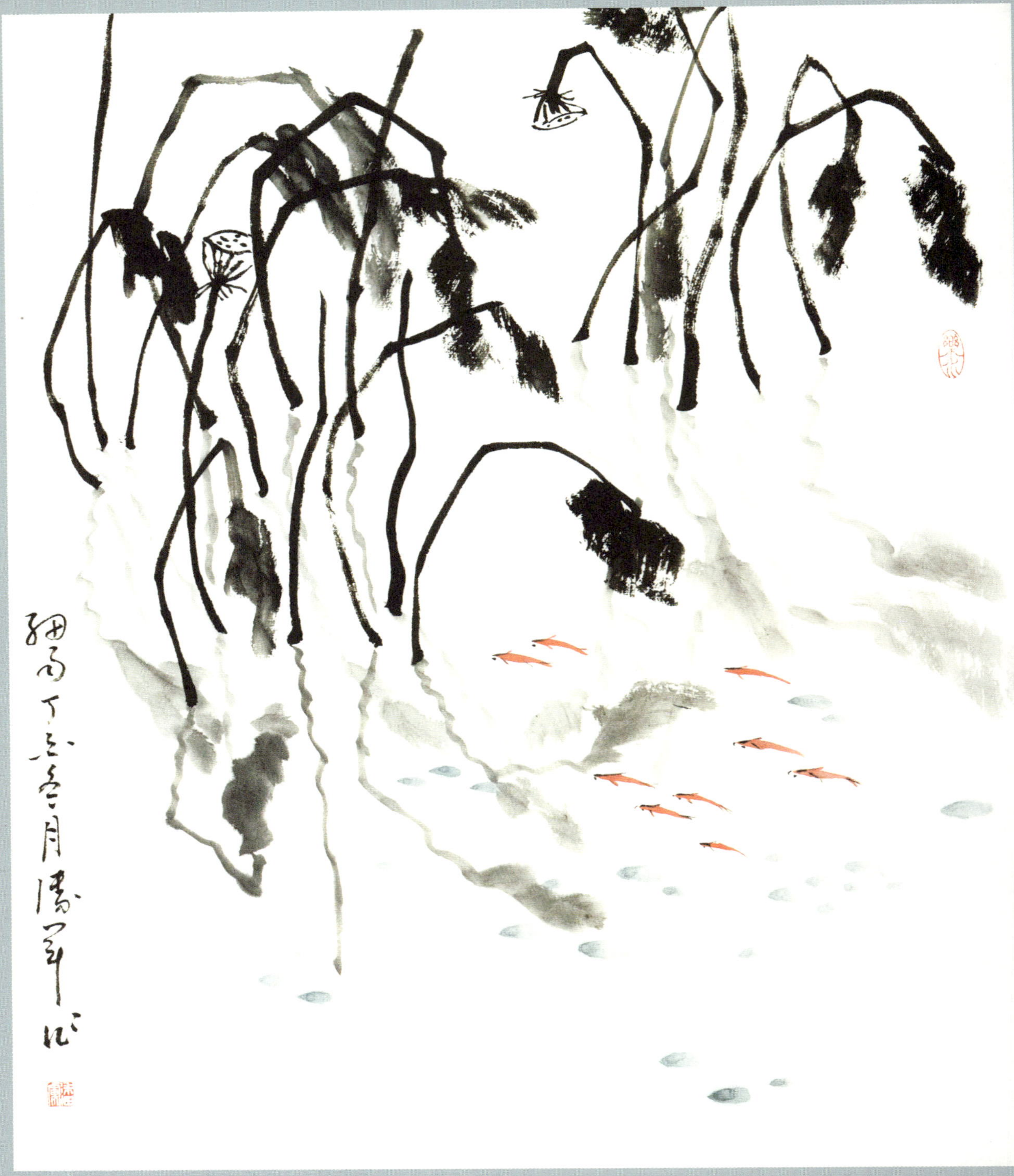

饭局。不编文学书的他,却说很喜欢我的小说,这让我颇有些意外。不过只当作是场面上的应酬,没往心里去。可是他回成都不久,有一天竟从办公室给我拨来长途,说我刚从《新华文摘》上读了你的中篇小说《关系》,写得真好,我把它推荐给我的一位同事余其敏,她比我还喜欢,你能跟她讲几句话吗?我一直哦哦,说好的,于是就听到了一个甜美的女声,口齿伶俐,我记得她当时说,通篇用对话的形式来写一部中篇小说,她还没有见到过呢。再后来,我知道老汪和余其敏是一对知音爱侣。以后每当《小说月报》或者《小说选刊》上转载我的小说,我总能接到汪瀰不期的电话,他是认真读过的,与我讨论,有些观点颇有见地。2000年开始,我发表了中篇小说《重瞳——霸王自叙》,引起各方关注,其中成都的汪瀰和余其敏就占了一方。那一次,老汪跟我在电话里聊了很久,说他和余其敏的专业都是哲学,却能在一部历史小说里感到哲学与诗性的意味,令他们意外而振奋。同时,他俩热情地邀请我去成都旅游,欢聚一堂,我谢了老汪的

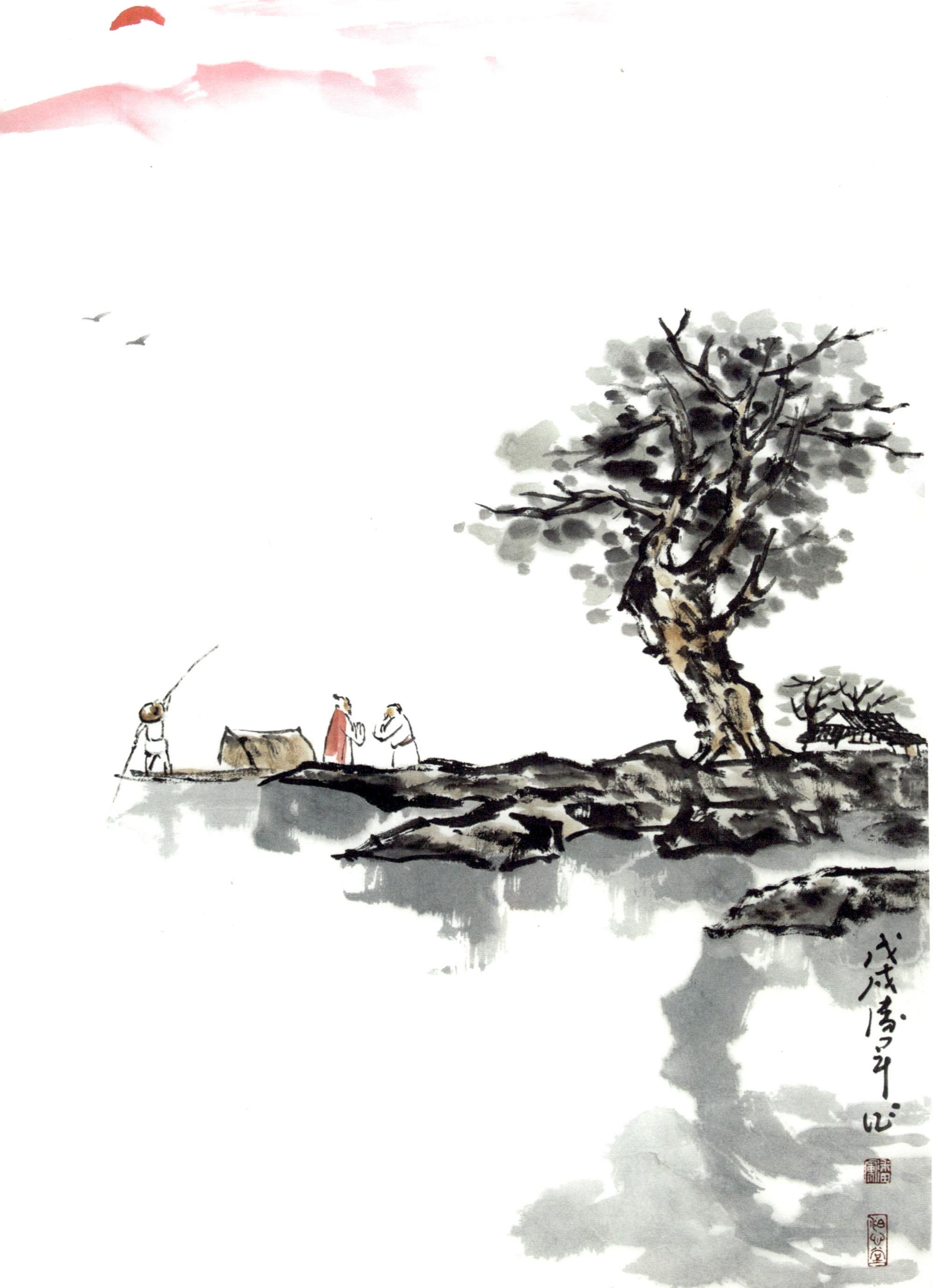

美意，说投缘的人，见面的机会天赐。

果然，翌年秋天，"中国书市"在昆明举办，我应邀前去站台，再次见到了汪瀰，以及传说中的余其敏，一位资深的美女编辑。其时美国刚刚发生"9·11"事件，我们聚集在一家饭店里，谈话的内容基本上就是围绕这个，同时，老汪和余其敏向我约稿，说他们社虽然不能出版小说，但可以出些文学随笔，希望我能为他们编一本，他俩共同责编。我却说这两年出的书太多，没有什么新的东西，再等等吧。那次因为北京有事情，我取消了随他们去成都旅行的计划，约好今后再见。两年后，我发表了长篇小说《死刑报告》，全国几十家报刊连载，《成都晚报》也在其中。那时汪瀰就时不时来个电话，说今天看到这里，后面会如何？如此这般。和他闲聊，你会感觉这个人的心态与年龄是不相称的，内心干净，天真，纯粹，毫不世故，还是一个大学生的情怀。这大约是我们投缘的源头。次年初春，有一天我再次接到了汪瀰的电话，说他和余其敏出差到北京了，约我见面，并说请我帮忙。我自然是去了，但想不起来那次见面的地点了,应该是他们下榻的酒店吧?那次,他们给我带来了一套书《外交官看世界》,希望我能写篇文章推介一下。我爽快地答应了,后来就为《中华读书报》写了一篇。回去之后,汪瀰给我寄了不少由他责编的书,比如四卷本的《中国道教史》《池田大作文集》等。没过几个月,老汪再次来京,说客居日本的著名翻译家卞立强先生想请我去日本刽价大学——日本佛教领袖池田大作创办的大学讲学。那一次我们一起去了卞先生在北京的家,相谈甚欢。但是其时我因母亲重病不能成行,只能向卞先生道谢。

我写了三十年的小说,又拍了十年的电视剧,这几年既不写也不拍了,专事书画。其实我在写作之前就是学画的。汪瀰和余其敏迁入新居,我送他们字画,他们高兴地装裱起来,我也很开心。我记得写的字是李白的《送友人》——"浮云游子意,落日故人情。挥手自兹去,萧萧班马鸣"。现在想起来,似乎有种难以言表的意味……我和汪

乙未
清平

澜的最后一次见面,是在 2015 年的春天,他来京参加书展,我邀请他来寓所痛快地聊了一个晚上。我们不是英雄,但在很多问题上所见略同,对此我毫不惊讶。因为不这样,我们就不会心靠得这么近!不曾想到,此番见面非寻常,竟作生离死别看!我不能不悲痛!

2017 年最后一天,或许就是汪澜遇难的那一刻,我在画室里作了一幅《残荷图》,我画了十几束低垂落败的荷叶荷花,水中的倒影竟是那么婀娜多姿,几尾红色的小鱼在其中自由地游弋——在我几十年断断续续的绘画生涯中,我从未这样地画过荷,当时不谙其意,当我翌日接到其敏发来的噩耗,我突然意识到了那幅残荷的意味!好几年的岁末,我都失去一位好朋友——

2010 年 12 月 31 日,作家史铁生去了;

2016 年 12 月 31 日,导演何群去了;

2017 年 12 月 31 日,出版家汪澜去了……

我发现,那幅残荷,画的其实不是他们,而是我们,是我们在向这样的好朋友默哀致意,是我们内心深切地怀念着他们。而那些自由游弋的鱼儿才是他们,那是他们不灭的灵魂!

今天其敏发来短信,嘱我为汪澜撰写一副挽联。思来想去,最后写了这样十二个字——

一介书生如此,两袖清风何妨?

愿老汪凭借这两袖清风扶摇直上,抵达天堂!

2018 年 1 月 3 日,挥泪于泊心堂

画牛随想

我的出生地是安徽省怀宁县石牌镇,当时为县政府所在地。相比农村,我们算是城里人。其实县城与农村大体是没有界线的,一条街走到尽头,便是田野村落。附近农村人平时也不叫进城,而叫上街。这种天然的地理关系,让我们这些县城里的孩子很满意。于是暑假一到,就喜欢去附近一带的农村玩耍。用蜘蛛网去杨树林黏知了,去河湾洗澡、钓鱼,去莲塘挖藕、采菱角、打莲蓬,去田畈拾麦穗、弄麦秸秆当柴火。有时候和当地放牛的孩子熟悉了,还可以赚一回骑牛兜风,胆大的,便在牛背上竖倒立。所以从小,我对牛很亲切。那年代没有什么书看,但鲁迅的那句"横眉冷对千夫指,俯首甘为孺子牛",却是每个孩子都能背诵的。乙未年秋天我在北京寓所画了一幅《童年》,画面上是两个农村的孩子骑在水牛背上,悠闲地吹奏竖笛,就是对这种经历的缅怀。虽然那个时候不懂得什么田园风光,但觉得去农村可以短暂脱离大人的视线,玩得

童年牧笛（局部）

童年牧笛·2015 年（46cm × 70cm）

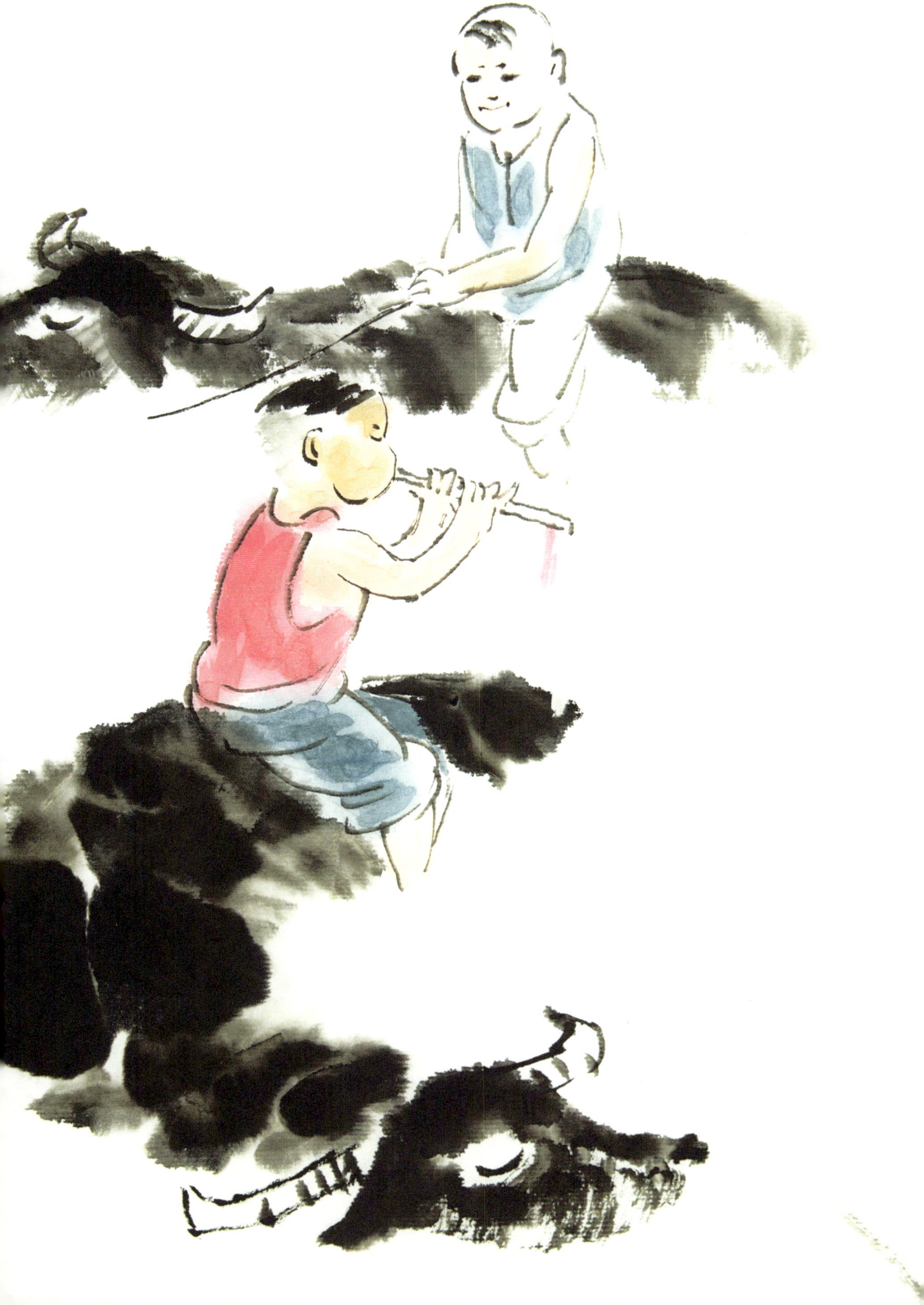

自由尽兴。"牧童归来横牛背,短笛无腔信口吹。"这是宋代诗人雷震的诗句,题在画上特别合适,遂又多画几张。

那时的县城街面上很少见到一辆小汽车,偶然见到一辆北京吉普,就猜是什么领导下来视察来了。大街上没有红绿灯,也看不见交警,牛是可以随便走的。牛贩子牵着牛到牛市交易,来来往往,牛走得大模大样,不惧人色,时而在大街上扑通通拉上一泡大粪。边上人见了,也并不尖叫躲闪,牛贩子不紧不慢地将牛粪捡拾到粪筐里,带回去,做成饼状,粘到墙上晒干,冬天可以用来烤火。

1975年我高中毕业,插队到距离县城十五华里的平山公社牌楼生产队当知青。起初队里安排我和一位孤寡老人一起放牛。春耕在即,牛是很金贵的,要用来犁田耙地,一天不停使用。待农民歇工吃饭,牛才可以稍作休息。这时候我便把牛赶到山坡上,让它们美美吃上一顿草料。牛吃饱了,精气神就显得足,性情懒的,会卷起身体打个盹;闷骚的会温饱思淫欲,寻性滋事;脾气暴的还会打架——当地人称"牛顶角",两头牛互不相让,但也分不出胜负。等我身边的老头凌空打了个响鞭,它们才分散,又下田干活了。使唤牛不是件容易事,当地能使唤牛的把式,都是庄稼地里的能手,颇受尊重。我也曾学过,站到耙上,可是牛就是不走。抽上一鞭子,照样不走。心想这牛是我饲养的,我竟不能调遣,很没面子。把式就说,牛这畜生,骨子里带着贱性,别以为你喂它草料它就听你的。你得狠!说着就一鞭子狠抽下去,大喝一声,果然那畜生就温顺得不行,埋头干活了。这真让我唏嘘不已——为什么大家都夸牛呢?

插队的第二年,大队为了便于对几处知青点的统一管理,办了一个林场,把各生产队的男女知青都集中到了那里。场房中间是堂屋,男女分住两侧,每人一间宿舍。堂屋是我们平时开会、吃饭的地方,还配了一名专职的厨子——每天早上我们出工前,厨子都要问一声:你今天吃几两米?他是按人口报称粮下锅,月末结算。这在当时,已经是很好的条件了。虽然没有通电,但还是很满足。

那个时期我画画的欲望十分强烈,在县城很有些名气,经常参加县文化馆的一些活动,在街头绘制大幅宣传画。现在到了农村,只能每天晚上在一盏煤油灯下临摹连环画了。一逢雨天,我就对着几位知青写生。然后再背着画夹四处游荡,差不多把村里的男女老少都画了一遍。接下来就是画牛。牛很安稳,所以形象很容易捕捉,几根线条就能勾画出基本轮廓。但是牛行动笨拙,姿态变化不多,画久了又觉单调。有一天,我在一本旧杂志上看见李可染画的水牛——这是我第一次看见李先生画牛,就那么看似随意简单的几笔,便如此生动。于是就觉得用水墨的形式来画水牛,实在是很好的选择。那时候很难弄到宣纸,我只能用草纸练习。以后每逢被抽到县里作画,就会向文化馆的老师要上一张半张的宣纸,可又舍不得用。终于有一次下了决心,要用宣纸画一幅牧牛图,结果一笔下来心就虚了,一塌糊涂,才知道李先生看似简单的那几笔其实是要命的几笔。此后便不再轻举妄动。

1977年高考恢复,我报考浙江美术学院落选,翌年改考中文。画家梦遂被作家梦取代,但一直心有不甘,总觉得绘画不应该走出我的生活。那时候只要遇见好的美展,我都会去看。也注意搜集一些好的作品。大学时代我写过一个电影剧本《徐悲鸿》,所以对徐悲鸿、齐白石、黄宾虹、李可染这样的国画大家,格外留心。这样又与李先生的牛相遇了,这时候眼界也高了些,大致能看出点名堂来。比如能看出那随意简单的几笔,其实是建立在对牛的形体结构理解之上,笔的干枯,墨的浓淡,都有一种韵律感。

1993年春天,我在海口举办"蓝星笔会",邀请了一些作家朋友。其中老师

己亥戊戌年清军心

辈的，就只有汪曾祺先生。笔会期间，汪先生时常会为大家写写画画，并提出来要与我合作一幅。他要我先画主体，然后他来补充。我不假思索，画了两头水牛，随后汪先生几笔一挥，补了雨景，并题"潘军画牛，曾祺补雨"。这两头牛我画得不成功，但这幅画却十分珍贵，这么多年过去，我一直带在身边。如今汪先生辞世已经二十多年，睹物思人，我还是很难过。前几年有个画商想购买，出的润格还不少，被我一口拒绝。

今年的立夏，我画了几头牛。晒在"朋友圈"，大家一片叫好。同城的作家石楠大姐给我留言，要我送她一幅牧牛图。我自然是答应了，画好之后便登门拜访。石大姐很高兴，说：你看这三头牛，寥寥几笔，真的就像浸在水里一样呢！

2018年4月26日，于泊心堂

鱼鹰曲

1992年春，我只身去了海口。当时只是想换个环境——那个时期我心情郁闷，想出一次远门散散心。不料竟鬼使神差地滞留下来，替人张罗一家文化公司。于是写作的计划暂时搁浅，便以绘画作为商务活动闲暇的调剂。当时也没有画室，不能置办什么像样的绘画工具，无非就是缓解一下疲劳，调整一下心情。那个时期的画作大都丢失了，唯一剩下的就是一张《鱼鹰曲》。

鱼鹰，学名鸬鹚，资料显示它的种类很多，有39种，中国境内有5种。鱼鹰属于大型的食鱼游禽，善于潜水，晾干羽毛又可以飞翔。杜甫有诗"鸬鹚西日照，晒翅满鱼梁。"但我的记忆里好像从来没有见过鱼鹰飞翔，通常它们都是在水里捕鱼。我小时候见到的那种鱼鹰有一张尖嘴，前端还带着钩，下喉有小囊，像只挂在脖子上的小口袋，呼吸的时候一直颤动着。鱼鹰的脚也特别，后趾较长，具全蹼。这种鱼鹰，羽毛一般为黑色，偶尔也能见到白的。

我小时候经常在自家附近的河面上看见渔家的小船——这种船很小,也就比扁担长一点,可以挑着走。小船落到水里,上面就停歇着几只懒散的鱼鹰,眼睛半闭着,像在打瞌睡。这种鱼鹰是捕鱼的能手,它们总是以偷袭的方式接近猎物,再"嗖"地发出致命一击。即使是在昏暗的水下,照样能大获全胜。据说,鱼鹰是凭借敏锐的听觉才屡屡得手。看鱼鹰捕鱼是一件十分快乐的事,这些鱼鹰时而潜入水下,时而冲出水面——嘴里已经叼上了一条剧烈挣扎着的鱼,那时鱼鹰身体也竖立起来,半截露出水面摇摆,眼睛贼亮,双翅扇动,情形十分动人。

虽然经过驯化,但渔人对鱼鹰仍不信任,于是就在其喉部系上一条细绳,把那只"小口袋"扎起来,让鱼鹰捕到鱼后不能下咽,只能被迫吐出。这些鱼鹰很懂规矩,捕到的鱼全部吐到舱里,没多会,小舱里的鱼就成堆了。捕鱼结束,渔人便会解开它们颈部的绳索,再拿出一些小鱼来犒劳它们。日薄西山,渔人回家,通常是肩着一只小船,撑篙上立着几只鱼鹰,摇摇晃晃地走着,很气派。

多年前海口所作的那张《鱼鹰曲》,却与我少时的这种经历没有直接关系。真正触动我的是后来的一次徽州之行。

1988年,我的第一部长篇小说《日晕》于《清明》发表,很快就有电视台想改编为电视剧,并邀请我担任编剧和导演。翌年春,我便带领团队去徽州看景,第一站就是歙县的渔梁坝。关于这张画的创作,我后来写过一篇短文《山水不是风景》,连同画一并发表在《江南》杂志上。其中有这样的表述——

> 渔梁镇位于县城的西端,依着一条浅浅的清溪,最终汇入新安江。溪上有一道渔梁坝,异常的古朴,始建于隋。每天黄昏,当地的居民都去石坝上淘米、洗菜、洗衣裳。妇女们挥动着棒槌,一边说着私房话。那年的春

渔鹰曲 戊戌春 清汀

天似乎显得有些烦躁,不到四月,孩子们就已光着屁股在河里洗澡了。渔夫们都回家喝酒了,溪边,只留着鱼鹰们在守着那一叶舟子。见到这一刻时,我觉得格外宁静,心想渔歌不唱晚的时候,也是很好。

在徽州忙碌了一阵,因为各方面的条件不成熟,我的电视剧自然就停歇了。但是这一次的徽州之行却沉在了记忆深处,直到几年后的一个半夜将它唤醒。那时候我已经去了南方的海口,开始了自我放逐式的生活。我从大陆跑到了一个岛屿上,有一种被遗弃的感觉,心中郁闷,思念着刚满六岁的女儿。于是掌灯磨墨,作起了这记忆里的山水,然而这笔下的山水已不是风景了。它所寄托的,是我的向往与情怀。一个漂泊者是洒脱的,但同时又是疲惫的;是自由的,也是孤独的。我向往择水而居,向往清净与安宁,更向往像画中的两只鱼鹰那样,与人相识为伴,心心相印,但若即若离。

时隔二十五年,我回到自己的故乡,在泊心堂再次想到画鱼鹰,还是因为一个静。但这回的静,已经不是宁静,而是安静、平静。我希望自己就此安静下来,把往后的日子平静地过下去,不再奔波,不再被无趣的事情纠缠。事实上,我将现在的画室取名"泊心堂",也就表达了这个意思。前些日子,停笔十年的我,为《人民文学》写了一个短篇,题目就叫《泊心堂之约》,其中有这样的话——

人到了这个年纪,一不能再做无趣的事,二不能再交无趣的人。

无趣,我视作人生的一种悲哀。

而且这回我也不想以鱼鹰作为主体,而让其成为点缀。画面的主体是一片

半山听雨·2018 年(41cm × 41cm)

幽深的林子,留白则是一面静水,渔家也只是背影,但我能感受到渔家和鱼鹰之间的那份安逸与和谐,如同清代诗人查慎行所描述:"日暮并舟归,鸬鹚方晒翅"。

晚唐诗人杜荀鹤有一首咏鸬鹚的七绝:

一般毛羽结群飞,
雨岸烟汀好景时。
深水有鱼衔得出,
看来却是鹭鸶饥。

鱼鹰替人捕鱼,却落得贪吃的名声,想想也真替这游禽感到憋屈。我想本质上,渔人对鱼鹰还是缺乏信任,否则,怎么会在这游禽的喉部系上一条绳索呢?作为诗人的杜荀鹤会这么想吗?他是在说鱼鹰,还是在说自己呢?现实中的鱼鹰如此可叹,但是诗人心中的鸬鹚却在飞翔——

轻舟过去真堪画,
惊起鸬鹚一阵斜。

鱼鹰真的飞过吗?我至今还是没有见过。

杜荀鹤,字彦之,自号九华山人。池州石埭(今安徽省石台县)人,生于贫困,死于战乱,可谓一生坎坷。石台就在安庆的对面,一江之隔,相距不过三十公里,我想什么时候再去看看。

2018年4月23日,于泊心堂

祥瑞图

我写过一个叫作《溪上桥》的短篇,于1987年秋天《北京文学》笔会期间。那次笔会是在安徽黄山脚下的泾川山庄召开的。当时《北京文学》的主编林斤澜、副主编李陀等人都去了,可谓欢聚一堂。前几天我与客居伦敦的作家严啸建通电话,还说起过这次笔会。不经意间,三十年就这么过去了。那真是文学的好光景!

小说写的是两个老人的阔别重逢。一位乳名光头的老将军衣锦还乡,遇见儿时的伙伴根生——现在叫根生佬,原以为彼此有说不尽的知心话,结果却几乎是无话可说。将军自然很失落,但内心里还不禁替面前这个貌不惊人,衣着简朴的伙伴惋惜:如果当年你和我一起把"宋大先生"杀了,投身革命,不死的话,现在也是将军呢。而显得木讷的根生佬,好像从前什么事都没有发生过似的,依然保持着半个世纪以来的生活习惯——去村口老槐树下撒尿,再

祥瑞图·2017 年(45.5cm × 49.5cm)

靠着自家的院墙眯着眼晒太阳，享受着儿孙绕膝的天伦之乐。

林老当时就看了稿子，说我是贴着人物在写，所以很生动。小说很快就于《北京文学》发表。几年后，唐先田在《有限之中蕴含着无限——潘军短篇小说的纯文学价值》一文中，开篇就提到了《溪上桥》的一个细节：——"几只雏鸡杀气腾腾地争夺着一条蚯蚓，细爪挠得尘土飞扬。"

接下来，他有这样的阐述：

> 这个细节是作家的信手拈来之笔，很有情趣，也增添了那个小山村的闲适田园风味。然而，这个细节却使我想到了一幅国画，那是白石老人的一幅水墨小品，画面正是两只小雏鸡在争夺一条蚯蚓，各啄住蚯蚓的一端，柔弱而奋力地相持不下，画面极为生动可爱。

负暄图
辛未李老平

白石老人将他的这幅小品题为《他日相呼》，更加意趣无穷，有了无尽的悠远的意境。

文章从这里做起，可谓别具心裁。老唐认为这幅《他日相呼》具有极高的艺术价值和审美价值，体现了白石老人企望世界和平和人类走向和谐、走向美好的博大人文情怀。他说"尺幅小品，其容量竟如此之大，有限之中包容着无限，这便是艺术的神奇。"

我作这幅画时，想到了这个短篇，还专门从集子里找出来翻了翻，有种恍然若梦的感觉。小说纯属虚构，没有所谓的生活原型。但是那次笔会上怎么想起来写这个题材，还是不太明白。那时我在省委机关工作，写作完全是业余的爱好，而且女儿潘萌刚满一岁。我的很多小说，包括长篇小说处女作《日晕》，都是在这个阶段完成的。几乎每个晚上，《新闻联播》之后，我会带上一条毛巾，提着一壶水，揣上一包烟去我的办公室，好在办公与住宿都在一个大院里，很方便。这应该是我创作生涯的第一阶段，也可以说是习作阶段。如今回想起来，大学毕业之后最不开心的一段经历，就是在机关混迹了八年之久，简直就是浪费生命！我一生从未有过当官的念头，在机关的人看来，这无疑是不求上进。但是我也从来不羡慕他们，反倒替他们惋惜——他们失去了很多，只是不知道或者装作不知罢了。或许，正是这种情绪促成了这篇《溪上桥》？

如今又由《溪上桥》引发了这幅《祥瑞图》。铺好纸，落笔之前，很自然地想起了白石老人的《他日相呼》——后来画中出现的几只雏鸡，应与此有关。

《溪上桥》往大里说，写的是人生观和价值观，往小里说，是写不同的生活态度。文中的两位老者，本是一个村子的伙伴，却走上了两条不同的人生道路,这里面没有多少是非可言,但是,最终的结局是显赫荣耀抵挡不过普通平淡,这是我的立场。这一颠覆,力量源自生活本质。前些日子见过阿城说的一句话:年轻人没有理想不是罪过。我很以为然。

《礼记·中庸》云:"天命之谓性,率性之谓道。"张中行的《顺生论》,易"率性"为"顺生",认为:"率性是道,顺生自然同样是道,这道即通常说的人生之道,用大白话说是自己觉得怎么样活才好。"这本书写得颇有趣,有人称之为《礼记·中庸》的现代版。所谓"天命之谓性"也就是对于生命来讲,活着比死要好,这是天命。快乐比痛苦好,这也是天命,天命如此,本性如此。"率性之谓道",意思是说顺着本性做,这就是生活之道。本性由天命而来,我们的生活之道只能这样。其中似乎也包含着逆来顺受,对此,张中行有这样的表述:"天道远,人道近,人生有涯,人力有限,我们最好还是不舍近求远吧。"张中行没有说"替天行道",这观点是否消极?不去管它。

多年前,我第一次读到张中行的《负暄琐话》,便为其朴素隽永的文字所打动,有一种久违的感觉。后来便又读了"二话"和"三话",更觉得老先生文笔老辣,人也可爱,于是便信笔画了一张《负暄图》——一位看似落拓不羁的老者,在自家葫芦架下,腆着肚子躺在竹椅上,悠闲地晒着太阳。负暄,依张中行的解释,是晒太阳的意思,无疑是人生的欢乐时光。如今再作这幅《祥瑞图》,也可以看成是《负暄图》的续作。

某个时代的某年某月,在一片乡村竹林中,一位年逾古稀的老叟在饲养一窝雏鸡。这里的天空是明净的,没有亚父范增眼里咸阳城上空的那片祥云,成龙虎之形且现五彩之色。这里只有一片安静的竹林,微风拂动,只有老叟心安舒坦的表情,悠然自得的动态,以及目下如此生动活跃的小鸡们,在我看来,这才是人世间真正的祥瑞之气。

荷塘消夏图·2017年（46cm×70cm）

《祥瑞图》贴到"朋友圈"里，受到了极大的欢迎。著名摄影师鲍德熹给我留言：老乡，这幅画送我吧。老鲍祖籍安徽歙县，父亲是著名表演艺术家鲍方，姐姐同样是著名演员鲍起静。我还是少年的时候，就看过他们父女联袂主演的电影《屈原》。而鲍德熹本人，则因电影《卧虎藏龙》成为首位获得奥斯卡摄影奖的华人摄影师。三年前，我们计划合作一场，拍摄我的一部电影《草桥的杏》，资方还是老鲍找来的，让我很感动。因为在今天，想为一部文艺片而付出，实在是难能可贵。我们带着工作团队一起去徽州看景，历时一个月。结果，投资方最终还是变卦了。但我们由此成了朋友。

说到电影，便想到那部《通天帝国》。片子我虽不喜欢，但其中狄仁杰的一句台词至今记得：天意昭炯，我自独行。天地虽不容我，心安即是归处。

2018年1月30日，于泊心堂

我的读书

1978年上大学之前,我曾有过两次奇特的读书经历。

第一次是在中学时代,大约在 1973 年前后,我所在的怀宁中学图书馆要集中一批"毒草"拿到纸厂化浆,让我们班帮着清理。当时学校的图书馆是不开放的,门上贴着"革委会"的封条。这是我平生第一次走进图书馆,也是第一次见到这么多的书,新华书店不能比。于是就动了心事,假借整理,悄悄把一些认为好看的,譬如巴金的《家》《春》《秋》,譬如肖洛霍夫《静静的顿河》,还有《文艺报》的合订本,偷偷集中藏到了窗下,趁人不备拔开插销。到了晚上——那是一个星光暗淡的夜晚,我拖着自制的滑轮车,溜进了学校。那时学校没有读书的氛围,夜自习早就取消了,校园里很黑,很安静。然后就翻进了那扇窗户,把白天里挑选的书装了满满一大麻袋,拖回了家。我写过一篇《窃书记》,指的就是这次历险。这批书陪了我整整一个暑假,让我眼界大开。

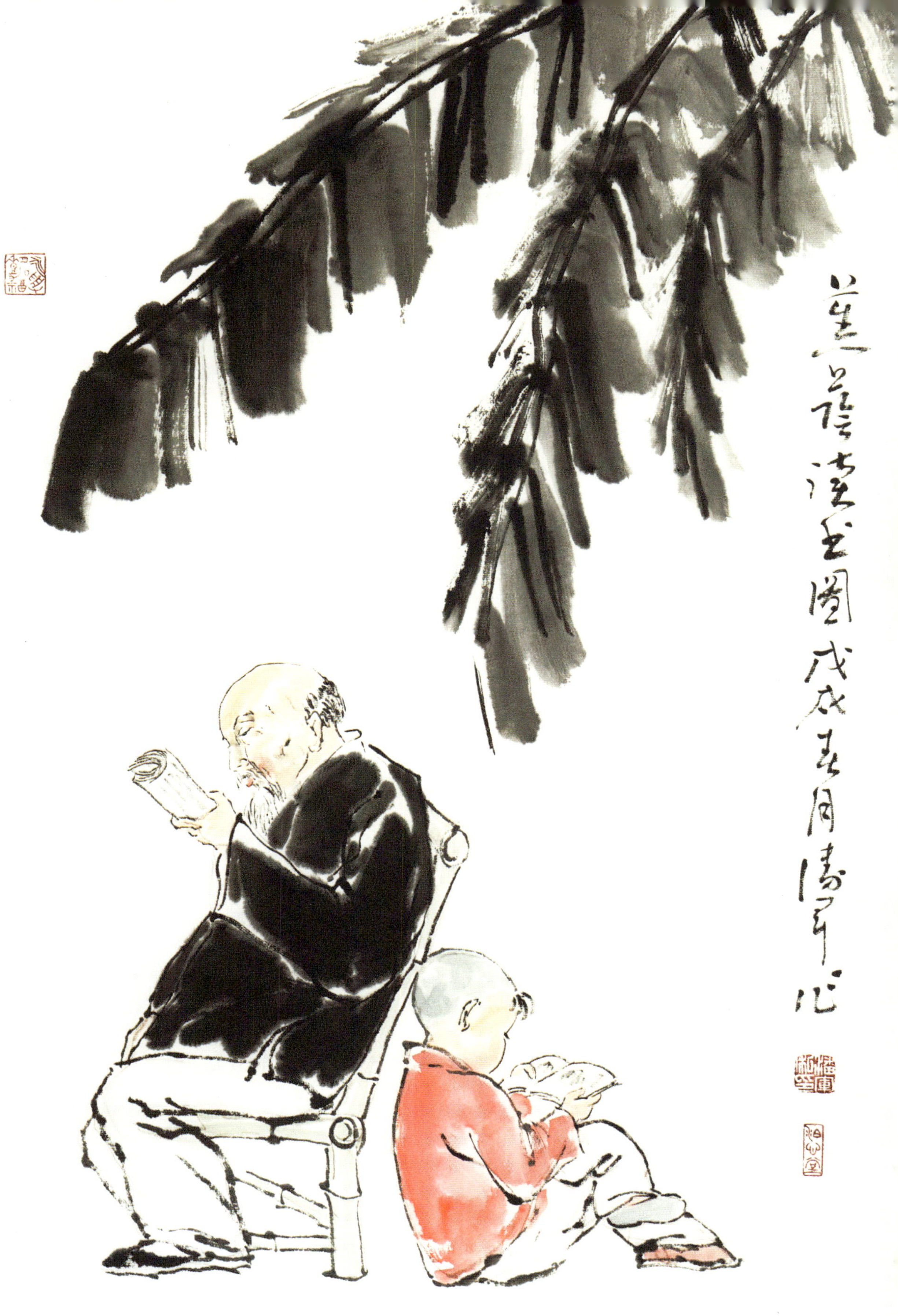
蕉陰讀書圖
戊戌春月

两年后，我到农村插队，村里有一个因为破坏军婚劳改释放回乡的会计，一副白面书生的样子，看上去与众不同。这人年轻时曾经做过"文学梦"，很和气，有天我对着他写生——那时期我特别痴迷画画，他突然诚恳地对我说：你是我见到过县里画得最好的人。于是便送了我一些过去藏的小说，因为这些书里都有很棒的插图。我记得这批书中，有劳伦斯的《虹》、司汤达的《红与黑》、丁玲的《太阳照在桑干河上》、梁斌的《红旗谱》、欧阳山的《三家巷》。这在当时都是"毒草"，所以这人便善意地提醒我，别在外面看。我也确实这么做了，每晚躲在屋子里、插上门看。可是一看就放不下，白天出工就想了个办法，把书拆开，随身只带几页，有人过来我就收到口袋里，装作若无其事的样子。那本《红与黑》就是这么看完的。现在回想起来，我能成为作家，与这两件事多少有点关系。

我原来是自学美术的。1977年恢复高考，我报考了一家美术学院，进入复试，身体也检查了，但是那一年需要政审，我父亲当时还是一个没有平反的右派，所以政审没有过关。第二年我改考文科，上了安徽大学中文系。这个选择对我而言，是把"画家梦"变成了"作家梦"，那时我就明确，自己今后一定要走文学创作道路，我喜欢一种创作的状态。私下的这个定位，便决定了读书的方向性。我在大学里不是一个好学生，经常旷课，每学期公布的旷课名单上前三甲必有我的名字，我的时间都用去泡图书馆了。我在图书馆待的时间一点也不比课堂上的时间少。可能是对视觉艺术比较敏感吧，我在安徽大学图书馆里借阅的第一本书，并非文学名著，而是一本电影导演的工具书，叫《电影导演基础》，作者是苏联导演库里肖夫。那是一本比砖头还厚的书，图文并茂。我几乎连文带图把它给抄下了。很多年后，当我自己当导演拍戏的时候，这本书的形象还在我眼前活动着，却觉得非常多余了。

对于一个由穷乡僻壤、消息闭塞的县城来到省城读书的青年,读书是一种奢侈的快乐。那时家境困难,买书的能力有限,所以只能靠借阅,大量做笔记。因为一心想当作家,所以阅读自然是以文学作品为主的,且又侧重于外国文学名著。时间一长,读这类作品就有了一个自己的标准。第一,要看译笔是否对我的口味。这个判断,完全是依靠阅读经验逐渐建立起来的,译笔的好坏,也完全依赖个人的领悟。译笔不好,即使作品影响很大,我也不想多看。譬如福楼拜的《包法利夫人》,我就喜欢李健吾的译本。我特别痴迷他的那些短句子。譬如李文俊之于福克纳,叶廷芳之于卡夫卡,王道乾之于杜拉斯,施咸荣之于塞林格,鹿金之于海明威,还有王央乐之于博尔赫斯——多年后的1993年,马原来海口拍摄大型纪录片《中国文学梦》,我就问他,已经拍过了哪些作家?他提了一大串名单,其中就有王央乐。我想马原一定也是与我一样,痴迷王先生的译笔才做出这种安排。我们那批所谓的先锋作家,大概没有人不喜欢王央乐这个译本的,1981年上海译文出版社出版,小32开,有人说这是先锋派的《圣经》。对于我这样不能直接用外语进行阅读的作家,首先要感谢这些著名的翻译家。是他们为我们打开了一扇扇窗口,看到了千姿百态的小说。甚至某种意义上,在创作的初期,我们实际上是在模仿他们。或者说,他们的译笔对我们的叙述产生了很大影响。第二,在大学三年级的时候,我计划按作家选择作品阅读,也就是一个一个地读,不分散。尽可能把这个作家译进来的作品都读了,以便有一个比较全面的了解。我记得有个学期,就只读了海明威。

现当代中国作家里,我喜欢读鲁迅。《鲁迅全集》我是读过四遍的。我不是批评家,因此我往往看重的不是鲁迅的思想,而是他的文字。我认为鲁迅的文字显示了现代汉语言叙事作品的最高成就,当然指的是白话文。当初胡适只

戊戌春月 清平心

提出了一个口号,但鲁迅完成了实践。鲁迅的文字看得久了,你会觉出别样的味道。这味道不是批评家们归纳的那种所谓语言特色,而是我的直觉感悟,它蕴藏在文字内部,散发于字里行间,甚至无法用文字来说清楚。这觉悟出的味道让我体会到写作的幸福。很多年前我读阿城的《棋王》,就感觉他的文字味道有点像鲁迅的《社戏》,比如"红红绿绿的动"。

一个人读书的方向是随着年纪的增长而调整的。一个作家的阅读和一个读者的阅读也不尽相同。我以前读书,基本上根据自己的专业选择,看了一些与文学艺术相关的书。这大概算是一种功利的阅读,有用,但并不都是愉快。进入四十岁之后,对阅读文学作品的兴趣日益淡了,对绘画、电影方面的书籍也淡了下去。兴趣慢慢转移到读杂书上。譬如谈战争的,谈兵器的,谈宗教的,谈建筑的,谈陶瓷的,谈京剧的,谈民俗的,都愿意读。对古典文学的兴趣也开始浓了,喜欢读一点闲书,读一点书札尺牍和明清的笔记,比如张岱的《陶庵梦忆》和陈继儒的《小窗幽记》。但比较偏爱的,是读文史类的书和

腹有诗书气自华·2018年（46cm×70cm）

一些回忆录。前些年读过钱穆和黄仁宇的系列作品,近几年读唐德刚整理的"口述历史"以及洋洋大观的《顾维钧回忆录》。这时候的读书,远离了功利与实用,可以纳入自己的日常生活,如同写作,十分愉快。每天需要静心读几页,才觉得这一天过得比较充实,是一种欲望的满足。遇上一本好书,也会通宵读完,然后用电话推荐给自己的朋友。

关于读书,宋人黄庭坚有名句:"士大夫三日不读书,则义理不交于胸中,对镜觉面目可憎,向人亦语言无味。"我虽然不是"士大夫",但三天里肯定是会认真读上几页书的。

梁启超也有句名言:只有读书可以忘记麻将,也只有麻将可以忘记读书。这也是我热爱的两件事。梁任公把这两件事相提并论,在我看来,是这两件事不仅因为快乐让人痴迷,而且能养育出你心灵的自由。

2004年6月23日,于北京寓所

我的绘画生涯

我对绘画最早的记忆是在1965年,当时我八岁。这年的秋天,王杰的英雄事迹出现,街上也就出现了许多大幅宣传画。那时我爱在作画的大人身边转悠,偶尔帮他们涂一面红旗什么的。涂匀就行了,大人说,一笔就是一笔,不要来回拖。第二年"文化大革命",街上的宣传画就更多了,几乎每个星期都有新画。到了七十年代,样板戏陆续出来了,书店里相关的连环画也有了,我喜欢买,然后就照葫芦画瓢似的临摹,自觉越画越像,就这样画完了整整一本《智取威虎山》。

县文化馆有一个姓谢的老师,是画得最好的。他的画路子正规,速写尤其好。那时只要剧团里演出,这人就要站在舞台边上画速写。看他寥寥几笔就把人的姿态勾画下来,我心里实在羡慕,就想,什么时候也能像他那样就好了。我时常去谢老师那儿玩。他的屋子里四壁全是速写素描,都是我们身边许多

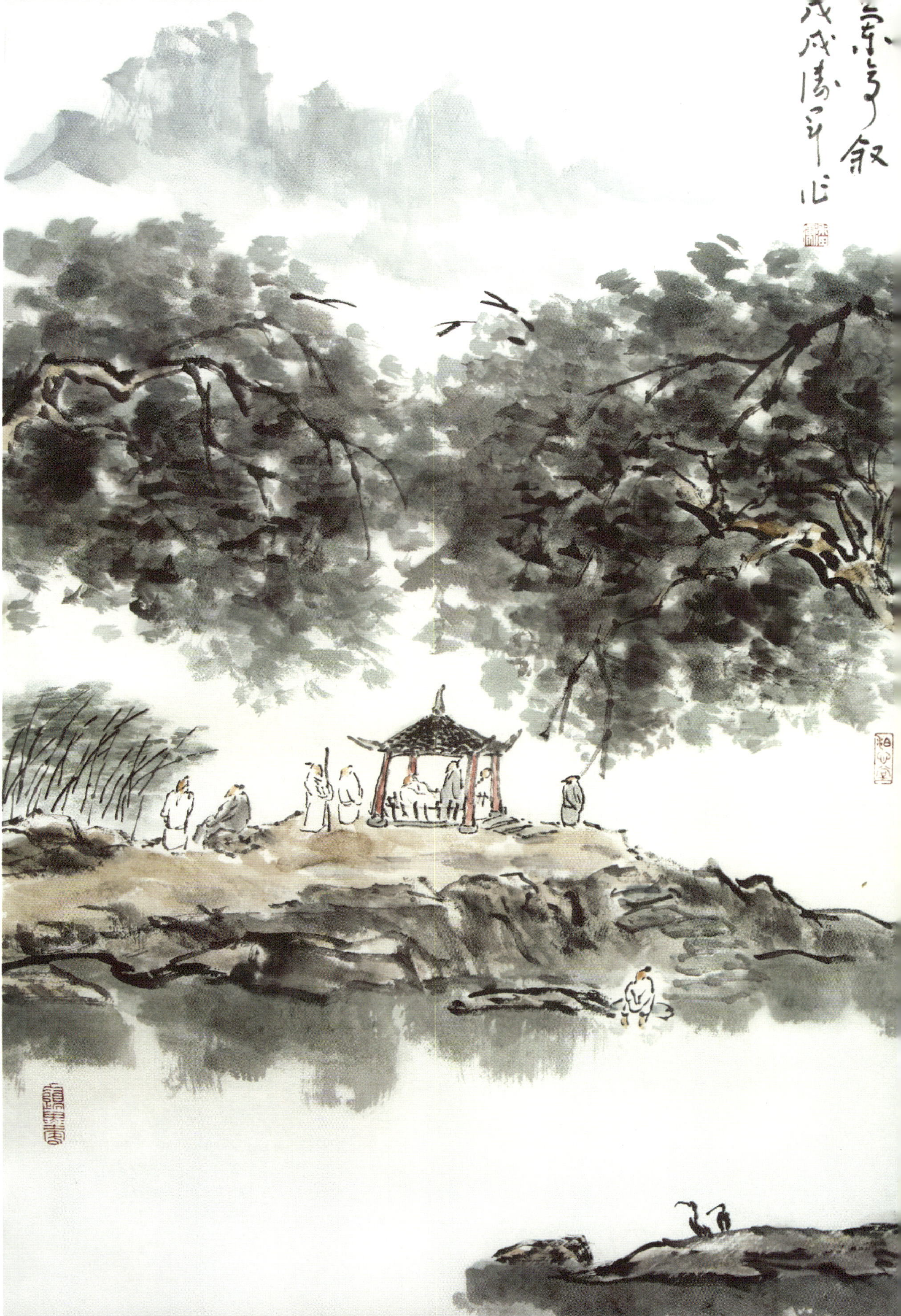

人的肖像写生,画得都很像。有一回,我看他从头到尾画完了一幅我们班一位女同学的像。或许是边上有人,这人那天画起来特别神气,眼、手、头发动起来都有节奏感,铅笔在纸上沙沙响。用今天的话说,这是典型的潇洒。这一天对我非常重要,有一种茅塞顿开的感觉。同时我已被他那种画家专有的风度所吸引。

  这以后我也这么干了,三个妹妹是我最初的模特。开始,她们是兴奋的,觉得好玩,但时间稍一久就受不住了,画着画着突然就不合作,于是我只好买些零嘴来哄,来稳住她们。但是我的画没有得到她们的好评。大妹说我把她的脸画得太黑,我一下就火了。你懂什么?我气愤地说,这是阴影,没有阴影你的脸能立体出来吗?她还是不高兴,脸上的表情也随之转变,没法画了。二妹刁,总是装肚子痛来躲过这一劫。稍微合作的是小妹,人称"大眼睛",天生可爱的样子。那时她不过三岁,比较好哄。所以我画

松下问童子
乙未 阳平

她的像是最多的。一天,母亲剧团的一位职工到我家串门,看见我贴在墙上的写生,就说:这画的是"大眼睛"吧?可把我乐坏了,在我看来这无疑是一种来自社会的认可。事实也是如此,不久,关于谁家的孩子会画画的舆论便不胫而走,我仿佛一夜间成了小城名流。那些日子我成天背着写生夹到周围农村去写生。我喜欢画农民。县城边上有一个叫潘瑕的大队,一个寒假下来,我差不多把这里的男人全画了。

县剧团的美工姓饶,是个腿有残疾的人。这人的兴趣非常广泛,他本是位中学的历史教员,因为喜欢拉小提琴,就申请调到了剧团。进来之后,剧团正缺美工,于是他又临时顶了一阵。没想到剧团的美工一直就这么缺着,他也就干脆做起美工了,偶然还上乐池里拉琴。饶老师对我很好,我的第一个写生夹就是他亲手制作的。我后来帮他画了许多布景和海报,以此换回来一些绘画材料。每当一出新戏上演,大幅的海报挂出去,文化馆的人一看就说:这是潘军画的,老饶画不出。饶老师听了一点也不生气。

1975年我高中毕业,因为没有资格报名当兵,能选择的就是到农村插队。我去的地方是离县城二十华里的小山村,俗称牌楼。农村的条件虽苦,人却落了个自由,时间也好支配。雨天和晚上我都要画几张。那时家境困难,我母亲一个月六十元的薪水要养六口人,没有更多的钱来给我买绘画的材料和资料。我只能画一些不带颜色的,这样又只好临摹连环画了。那个时期,我临了贺有直的《山乡巨变》,华三川的《交通站的故事》,韩和平、丁斌曾合作的《铁道游击队》。时隔多年,我想起来还很自豪,因为我所临摹的,都是中国当代连环画的杰作,没有人告诉我,我却能做出这样的选择。我觉得我对绘画还是有些天分的。

与此同时,我的速写和素描的进步很大,我也接触到了一些外国的作品,譬如达·芬奇、丢勒、列宾、谢洛夫和苏里科夫。有一天,我在一个农民家里居然发现了一本小册子《徐悲鸿》,后面附有几张人体素描,都是画家留法时的习作,很是喜欢。这人原是县食品供应站的会计,因为破坏军婚被判刑。他年轻时很喜欢文艺,家里有很多旧小说,二胡也拉得不错。后来他把这些书送给了我(因为里面有很多插图),他说:你是我遇见的县里画得最好的人。我大为激动,觉得所向往的文化馆谢老师的那种艺术家生活已近在咫尺。

我开始画人体。我向平时与我交情好的农民提出要求。怎么样,一包烟给我画一天?我对他们说,要是把自己脱光了,就两包。可他们都不肯脱光,觉得大老爷们做这种事很没面子,怎么着也得穿上一条裤衩。我也只好这么将就了。我还制作过版画,把村里一位媳妇的洗衣凳锯了,那凳是梨木的质地,纹理细致,是木刻的好材料。

我绘画的才能很快得到了肯定,在县里声名鹊起,后来地区也知道了。那时县里只要是大的活动,譬如"批林批孔",譬如路线教育,譬如国庆和征兵,我都会被抽到县里来。我很愿意站在脚手架上画大幅的宣传画,几十张白纸糊满一面大墙,边上许多路人围观,连过往的汽车都要减速,我陷在众目睽睽和一片赞扬声中,我大出风头,内心无比满足。而且我每天还能挣到一块二毛钱——这在当时就是一个三级工的工资。这个时期,我开始向外地报刊投稿。我发表的第一幅绘画作品是《安徽日报》上的一幅速写。后来又在《人民戏剧》等刊上也发表了速写。我的绘画作品也被送到省里参加展览了。1976年8月,我去省城合肥参加进京参展作品加工学习班,这是我第一次到省城,显得踌躇满志。在那个学习班上,我见到了我们省的美术权威鲍加,很希望得到他的赏识,却总不在他的视线之内。但他怎么也不会想到,十四年后我们成了安徽

湖上清风·2018 年（47.5cm × 59cm）

省文联的同事。1993年,老鲍在纽约的街头逛报摊,无意中从台湾《幼狮文艺》上看见了我的一组国画写意小品,竟有些诧异,在他眼里我只是个作家。当后来我把一切告诉他时,他才做出若有所思的样子。

对我帮助很大的是安庆的孙浩群老师。他在地区一家影院画广告,有一次来县里辅导美术学习班,一眼就看中了我。在他眼里,我是个聪明而有灵气的少年,是完全有可能画出来的。孙老师是画国画的,专攻工笔人物,有时也画一些小写意的山水。经他介绍,我认识了安庆的一些在当时算得上有名的画家。不过我又觉得,自己将来肯定比这些人画得好,毕竟我才十九岁。

1977年恢复高考,我报考了浙江美术学院。当时这家著名美术学院的招生办法,是报名与初选一起完成。报名者须具备一个先决条件——在全国性报刊上发表过美术作品,或是参加过全国画展。我有这个资格,便按要求把自己的材料寄往杭州,不久便收到

山河岁月·2018 年(31.5cm × 31.5cm)

了该校颁发的准考证与复试通知书。我报考的是版画专业,但这个专业在安徽只招一名(一共四个专业,就招五名),我顿时就没底了。我在合肥参加了各项考试,也参加了体检,但最后还是落空了。从后来的情况看,这一年的招生,对我有两个不利的因素。其一是我父亲当时还是个右派(那一年还很看重"政审");其二是后来那些被录取者的父亲或者相当于父亲的人,是我们省的美术权威。正如孙老师后来安慰我说,美术这东西是没有"硬性标准"的,一张画放在那里,十个人有十种说法。不像考文理科,一分就是一分。

美院落选,并不意味着我的"画家梦"就此破灭。不过有一点是肯定的:浙江美院没有录取我这个事实,倒是改变了我的一生。1998年,我去杭州领《东海》文学奖,一个雨后的黄昏,朋友开车载我路过这家美术学院的门前,我突然又想起了当年的那一幕。倘若二十年前我迈进了这道门槛,我的生活会变成什么样子?我还会写小说吗?

第二年我改考文科,进了安徽大学,读的是中文系汉语言文学专业,然而心里想着的还是绘画,被这份热爱折磨得好苦,觉得上课十分没意思。后来学校成立书画社,推我做社长,倒是给了我一个宣泄的机会。现在想起来,总觉得这事就发生在不久前。

这些年来,我对绘画的情感是一分都没有减去的。每年我都希望有一个完整的时间,去皖南山里跑一趟,作些写生。1993年,我在海口举办"蓝星笔会",结束的前一晚,汪曾祺先生邀我与他合作一幅水墨。我便画了两只水牛,汪先生补了些雨景,并题款为"潘军画牛,曾祺补雨",成为我对先生永久的念物。还是这一年的4月,马原来海口拍专题系列片《中国文学梦》,提出要拍我的绘画,我便为他当场作了幅水墨写生,由韩少功题款。这幅画让马原带去了,我后来凭着印象又为他画了一幅速写。等我回来路过广州时,《花城》的田瑛来叙,无意间谈到这一期的封三缺了广告,我就把那幅速写拿出来,他一看就很高兴,拿去发表了。到了1996年底,我去广东茂名参加"花城笔会",为了表示对东家的谢意,我打工似的画了一夜,叶兆言一直陪着我。他说我的画不是常见的那种"剽学",有童子功。

从前绘画的训练对我后来的写作和搞影视,应该是很有益的。李佩甫有一回说我的小说画面感很强,甚至有一种颜色的感觉。这或许与我挚爱绘画有关吧。1997年,我重返海口拍摄第一部电视剧《大陆人》,有很多的画面处理就是用草图对摄影师交代的。两年后,我着手写《独白与手势》时,便决定把图画引进文字,这些图画显然不是插图,而是叙事的一个层面。比如开篇就是一幅古朴的南方小巷,带着雨后的潮湿与阴冷,接着是这样一句话——"你眼前的这条小巷,是故事开始时的路"——我为找到这么一种形式很高兴,哪怕是"始作俑者"。

2003年春,一场被称作"非典"的流行病席卷了京城。一时间,街上冷清了,连出租车也很难看见。很多外省人逃离了,而我却不想动弹,就地卧倒。那时我陪母亲在北京就医,无心写作,感觉时间一下就空了出来。于是就上琉璃厂买回一些笔墨纸张,没想到这段时间一气儿就画了几十幅,都是即兴而作,但也出了几张自觉不差的画儿,就想,有至性至情者,无机偶发,涉笔成趣,往往有敝帚自珍的佳品呢。可是过段时间拿出来再看,又自知不足了。

对自己这一生,我有一个简单的设计,就是六十岁之前舞文,之后弄墨——这种生活对于我,实在是向往很久很久了。

2006年1月,改写于北京

我毕生追求自由散漫

秋天里回合肥，在一次朋友聚会上，安徽文艺出版社社长朱寒冬先生建议我，将过去的小说重新整理结集，放进"作家典藏"系列。作为一个安徽本土作家，在家乡出书，自然是一件幸福的事。况且他们出版的"作家典藏"系列，从已经出版的几套看，反响很好，看上去是那样精致美观。我欣然答应。这也是我在安徽文艺出版社第一次出书，有种迟来的荣誉感。寒冬是我的校友，社里很多风华正茂的编辑与我女儿潘萌也是朋友，大家一起欢悦地谈着这套书的策划，感觉就是一次惬意的秋日下午茶。这套书，计划收入长篇小说《风》、《独白与手势》之《白》《蓝》《红》三部曲和《死刑报告》，另外，再编入两册中短篇小说集，共七卷。这当然不是我小说的全部，却是我主要的小说作品。像长篇小说处女作《日晕》以及若干中短篇，这次都没有选入。向读者展现自己还算满意的小说，是这套自选集的编辑思路。

击鼓骂曹·2015年（34cm×46.5cm）

每一次结集,如同穿越时光隧道,重返当年的写作现场——过去艰辛写作的情景宛若目下,五味杂陈。从1982年发表第一个短篇小说起,三十多年过去了!那是我人生最好的时光,作为一个写作人,让我感到最大不安的,是自觉没有写出十分满意的作品。然而重新翻检这些文字,又让我获得了一份意外的满足——毕竟,我在字里行间遇见了曾经年轻的自己。

不同版本的当代文学史,习惯将我划归为"先锋派"作家。国外的一些研究者,也沿用了这一说法。2008年3月,我在北京接待因"中国当代文学研究计划"采访我的日本中央大学饭冢容教授,他向我提问:作为一个"先锋派"作家,如何看待"先锋派"?我如是回答:"先锋派"这一称谓,是批评家们做学问的一种归纳,针对的是二十世纪八十年代中期中国文坛出现的一批青年作家在小说形式上的探索与创新,尽管这些创新不可避免地会受到西方某些流派作家的影响,但"先锋派"的出现,在某种程度上改变了中国小说的范式。这些小说在当时也被称作"新潮小说"。批评家唐先田认为,1987年发表的中篇小说《白色沙龙》,是我小说创作的分水岭,由此"跳出了前辈作家和当代作家的圈子"而出现了"新的转机,透出了令人欣喜的神韵和灵气"。这一观点后来被普遍引用。像《南方的情绪》《蓝堡》《流动的沙滩》等小说,都是这一特定历史时期的作品。这些小说在形式上的探索是显而易见的,带有实验性质,而长篇小说《风》,则是我第一次把在中短篇小说园地里的实验,带进了长篇小说领域。它的叙事由三个层面组成,即"历史回忆""作家想象"和"作家手记"。回忆是断简残篇,想象是主观缝缀,手记是弦外之音。批评家吴义勤有文指出:"在某种意义上,潘军在中国新潮小说的发展中起到了继往开来的作用,而长篇小说《风》更以其独特的文体方式和成功的艺术探索在崛起的新潮长篇小说中占一席之地。"

在某种意义上，现代小说的创作就是对形式的发现和确定。如果说小说家的任务是讲一个好故事，那么，好的小说家的使命就是讲好一个故事。"写什么"固然重要，但我更看重"怎么写"。这一立场至今没有任何改变。在我看来，小说在成为一门艺术之后，小说家和艺术家的职责以及为履行这份职责所面临的困难也完全一致，这便是表达的艰难。他们都需要不断地去寻找新的、特殊的形式，作为表达的手段，并以这种合适的形式与读者建立联系。对于小说家，小说的叙事就显得尤为重要。在某种意义上，叙事是判断一部小说、一个小说家真伪优劣的尺度。一个小说家的叙事能力决定着一部作品的品质。

与其他作家不同，我写小说首先必须确定一个最为贴切的叙述方式，如同为脚找一双舒服的鞋子。而在实际的写作中，又往往依赖于自己的即兴状态，没有所谓的腹稿。在我这里的每一次写作，不是作家在领导小说，依照提纲按部就班，更多的时候是小说在领导作家，随着叙事的惯性前行——写作就是未知不断显现的过程。

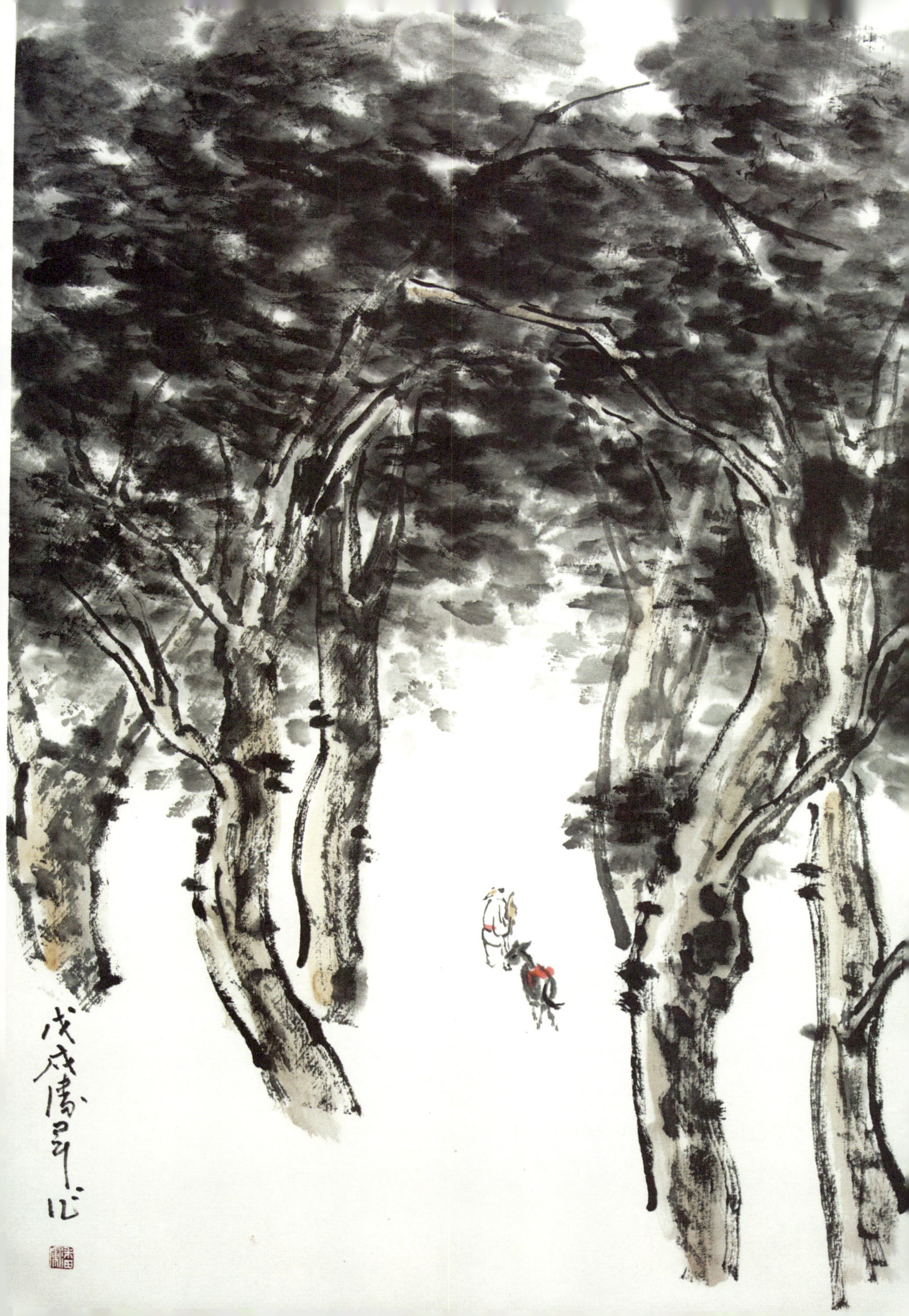
戊戌

《风》脱胎于我的一部未完成的中篇小说《罐子窑》，我认为《罐子窑》的结构与意识，应该是一个长篇，于是就废弃了；长篇小说《死刑报告》最初写了三万字，觉得不是我需要的叙事方式，也废弃了；《重瞳——霸王自叙》则有过三次不同样式的开篇，直到找到"我讲的自然是我的故事，我叫项羽"才一气呵成。等到了长篇三部曲《独白与手势》，我开始尝试把图画引入文字，让这些图画变成小说叙事的一个有机的组成部分，文字和绘画，构成了一个复合文本。《死刑报告》后来决定把与故事看似不相干的"辛普森案件"并行写入，使其形成了一种观照，也就构成了中西方刑罚观念的一种比较与参照。这些都表明，即使在所谓先锋小说式微之后，我本人对小说形式的探索依旧没有停止。如果说我算得上先锋小说阵营里的一员，那么，所谓的先锋其实指的是一种探索精神。

我是个自由散漫的人。换言之，我毕生都在追求自由散漫。当初选择写作，看中的正是这一职业高度蕴含着我的诉求。通过文字进行天马行空的想象与自由表达，以此建筑自己的理想王国，这种苦中作乐的美好与舒

桃李春风一杯酒
江湖夜雨十年灯

适,只有写作者亲历才可体味。然而几百万字写下来,我越发感受到这种艰难的巨大,原来写作的路只会越走越窄。于是我的小说写作,便于1990年暂时停歇下来。两年后,我只身去了海口,后来又去了郑州,自我放逐了五年。虽然那几年过得身心疲惫,但毕竟还是拥有了一份可贵的自由。另一个意思,是我乐意以这种方式将自己从所谓的文坛中摘出来,心甘情愿地被边缘化。我喜欢独往独来。批评家陈晓明曾经说我是一个难以把握的人物,"具有岩石和风两种品性,顽固不化而随机应变",指的就是这个阶段,但我的这种应变却是因为现实的无奈与无望。我深知写作不仅是一个艰难的职业,更是一个奢侈的职业。决定放弃一些既得利益,就意味着今后必须自己面对一切,单打独斗。其实我从来没有觉得自己真的下过海,倒是向往江湖久矣!我必须换一个活法。1996年2月,我在郑州以一部中篇小说《结束的地方》,结束了这段颠沛流离的生活,重新回到阔别的案头。

  我开始思考,"先锋派"作家一直都面临着一个挑战:形式的探索在很大程度上影响到阅读的广泛性。尽管这些作家不会去幻想自己的作品成为畅销书,但从来不会忽视读者的存在,至少我是如此。实际上,阅读也是创作的一个构成元素。很多年前我打过一个比方:好小说是一杯茶,作家提供的是茶叶,读者提供的是水。上等的茶叶与适度的水一起,才能沏出一杯好茶。强调的就是读者对创作的参与性。我甚至认为,好的小说作家只能写出一半,另一把是由读者完成的。我希望自己的小说好看,但先锋作为一种探索精神不可丧失。毕竟,小说不是故事,小说是艺术,是依靠语言造型的艺术,是语言的"有意味的形式"。小说更是一种人文情怀的倾诉与表达。我要尽力去做的,还是要向大众讲好一个好故事。这之后,我陆续写出了《海口日记》《三月一日》《秋声赋》《重瞳——霸王自叙》《合同婚姻》《纸翼》《枪,或者中国盒子》《临渊

留得枯荷听雨声·2018年(45cm×69cm)

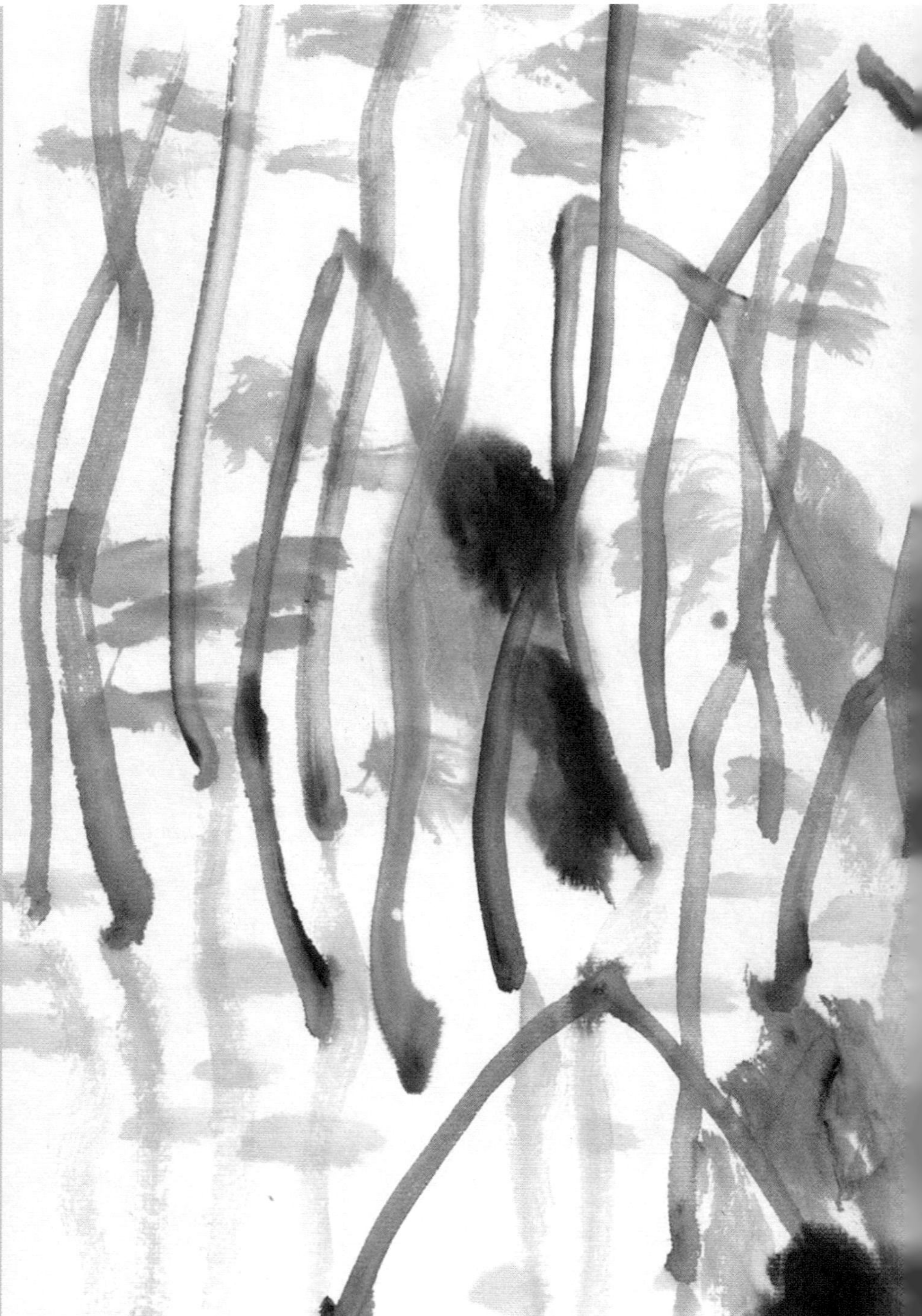

留得枯荷听雨声(局部)

阁》等一批中短篇以及长篇三部曲《独白与手势》和《死刑报告》。我骨子里"顽固不化"的一面再次呈现而出。批评家方维保说："对于潘军可以这么说,他算不得先锋小说的最优秀的代表,但是他确实是先锋小说告别仪式中最引人注目的一位。正因为潘军的创作,才使先锋小说没有显得那么草草收场,而有了一个辉煌的结局。"这当然是对我的鼓励,但始料不及的是,八年后,我的小说创作再次出现了停歇,而这一次的停歇,我预感会更长。果然,一晃就过去了十年。

我又得"随机应变"了。这十年里,我的主要精力都放到了影视导演上。因为这种突兀的变化,我时常受到了一些读者的质疑与指责。但他们是我小说最忠实的读者,我由衷地感谢他们,诚恳地接受他们的批评。但需要说明的是,我作为小说家的工作并未就此结束,只是暂告一段落。十年间我自编自导了一堆电视剧。这看起来是件很无聊的事情,但对我则是一次蓄谋已久的热身,接下来我会去做自己喜欢的电影。由作家转为导演,本就是圆自己一个梦,企图证明一下自己在这方面的野心。我要拍的,不是所谓的作家电影,而是良心电影。这样的电影之于我依然是写作,依然是发自内心的表达。但是,这样的电影不仅难以挣钱,也许还会犯忌,所以今天的一些投资人早就对此没有兴趣了,而我却一厢情愿地自作多情。他们只想挣钱,至于颜面,是大可以忽视的。更何况,要脸的事有时候又恰恰与风险结伴而行。

面对这样的局面,我的兴趣自然又一次发生了转移——专事书画。写作、编导、书画,是我的人生"三部曲"。近两年我主要就是自娱自乐地写写画画。其实,在我成为一个作家之前,就是学画的,完全自学,但自觉不俗。我曾经说过,六十岁之前舞文,之后弄墨。今天是我的生日,眼看着就奔六了,我得"hold(稳)住"。书画最大的快乐是拥有完全的独立性,不需要合作,更不需要看谁的脸色。上下五千年,中国的书画至今发达,究其原因,这是根本。因此,这次朱寒冬社长提议,在每卷作品里用我自己的绘画作为插图。其实,在严格意义上,这算不上插图,倒更像是一种装饰。但做这项工作时,我意外发现,过去的有些画之于这套书,好像还真是有一些关联。比如在《风》中插入《桃李春风一杯酒》《高山流水》《人面桃花》以及戏曲人物画《三岔口》,会让人想到小说中叶家兄弟之间那种特殊的复杂性;在《死刑报告》里插入《苏三起解》《乌盆记》《野猪林》等戏曲人物画以及萧瑟的秋景,或许是暗示着这个民族亘古不变的刑罚观念与死刑的冷酷;在《重瞳》之后插入戏曲人物画《霸王别姬》和《至今思项羽》,无疑是对西楚霸王的一次深切缅怀。如此这些都是巧合,或者说是一种潜在的缘分,这些画给这套书增加了色彩,值得纪念。

书画最大限度地支持着我的自由散漫,供我把闲云野鹤的日子继续过下去。在某种意义上,书画是我最后的精神家园。今年夏天,我在故乡安庆购置了一处房产,位于长江北岸,我开始向往叶落归根了。我想象着在未来的日子里,每天在这里读书写作,又时常在这里和朋友喝茶、聊天、打麻将。我可以尽情地写字作画,偶尔去露台上活动一下身体,吹吹风,眺望江上过往帆樯,那是多么心旷神怡!然而自古就是安身容易立命艰难。我相信,那一刻我一定会情不自禁地想起电脑里尚有几部没有写完的小说,以及计划中要拍的电影,也不免会一声叹息。我在等待,还是期待?不知道。

是为序。

潘军

2016年11月28日,于北京寓所

后记

　　这本有点另类的随笔集或者画册，是我回故乡后所做的最为快意的一件事。如"前记"所述，本书是先有绘画，而后有文字。绘画引发了文字，文字又解读着绘画。但图文之间不是，或不完全是依画配文，二者有各自的独立性，却也若即若离。在我近四十年创作生涯中，这样的经历尚属首次。我既没有过一段时间集中精力作出这样一批画，也没有过一气写出三十多篇随笔。这一奇特的创作过程，让我十分享受。

　　我说过，文学、影视、书画，是我个人的"三部曲"，某种意义上，《泊心堂记》也可视作我的第一本画册，尤为值得纪念。

　　本书收入的绘画和随笔，绝大部分是新作，其中少数篇什曾于《作家》《时代文学》等刊发表。另外几篇图文旧作，因根据体例的需要，故一并收入。

　　安徽文艺出版社前年出版了七卷本的《潘军小说典藏》，现在是我们再度合作。作者与编者、出版者之间这种舒心惬意的合作，当是一件韵事。朱寒冬社长对这本书一直挂怀，姜婧婧、张妍妍两位责编以及其他相关的编辑也为此付出了辛劳，老友盛志刚为本书的画作进行了精心的拍照，在此，一并致谢！

潘军

2018年6月18日，于泊心堂